文春文庫

神かくし

御宿かわせみ14

平岩弓枝

文藝春秋

目次

神かくし

梅若塚《うめわかづか》に雨《あめ》が降《ふ》る

一

この年、江戸は大火があいついだ。

正月早々、四谷から市ヶ谷にかけて焼野原になり、続いて芝の金杉橋界隈が焼け、三月には湯島から上野広小路が灰になった。

どうやら暖かくなって人々がほっと息をついた時分に浅草橋一帯が焼け出され、四月になってからは日本橋北小伝馬町から出火して、浜町河岸から堀江町の入り堀までの間、富沢町、長谷川町、高砂町、田所町、新乗物町、堺町、住吉町、新和泉町、元大坂町の大半が灰燼《かいじん》に帰した。

大川端にある小さな旅宿「かわせみ」の女主人であるるいがお吉《きち》を供にして向島へ出かけたのは、田所町に住む知人の家族がその大火で焼け出され、隅田村の隠居所へ避難しているのを見舞うためであった。

火の手が上ったのが寝入りばなということもあって、半鐘の音で目をさました時には家の前が赤くなっていたというくらいで、大方の人々が着のみ着のまま命からがら逃げ出したそうだが、

「それでも、私共はまだよかったほうで、堺町や堀江六軒町のほうでは逃げ遅れて随分と焼け死んだ方がおありだったとか、未だに家族の安否を気づかいながら焼跡通いをしてお出《い》での方もあるそうで……」

田所町で長年、乾物問屋をいとなんでいた大坂屋藤兵衛というのが、るいの見舞先だったが、その女房のおとよというのが、いささかやつれた様子で話をしてくれた。

主人の藤兵衛は奉公人と一緒に焼跡の整理に出かけていて、住居も店も焼け落ちてしまったが、商い蔵だけは無事だったようで、来月には仮店《かりだな》を作って商売を続けるという。

住むところも、こうして先代の時に造った隠居所があるので、さし当っての不自由はないが、向島の寺には、焼け出されて行きどころのない人達が本堂を借りて雑居しているらしい。

「お寺さんのほうでも、まあ檀家の方々の御縁故なので、親切になすっていらっしゃるようですが……」

そんな世間話を少々聞いて、見舞の品々をおき、やがて、るいは暇《いとま》を告げた。

「いやですねえ。火事と喧嘩は江戸の華だなんていいますけど、なにが華なものですか。

長年、丹精した身代《しんだい》を灰にして、泣いても泣き切れやしませんよ」

帰り道、舟を待たせてある寺島村の舟着き場まで歩きながら、お吉がしきりにぼやいた。

向島の堤の桜はもう散ってしまって、原には蓮華《れんげ》の花が咲いている。

うららかな日和《ひより》は火事見舞にはふさわしくなく、遠くの農家には気の早い鯉のぼりが風がないので、しょんぼりと下ってみえる。

木母寺《もくぼ》の前まで来て、るいは思いついて梅若塚へ詣でて行くことにした。

むかし吉田少将惟房という人の子で梅若丸というのが、信夫藤太に欺されて東国へ連れ出され、隅田川のほとりまで来た時に病気が重くなり、一足も歩けなくなったので藤太は梅若丸を、この土地に捨てて去った。里人が介抱したが、その甲斐もなく、梅若丸は「尋ねきて問わば答えよ都鳥、隅田川原の露ときえぬと」の一首を残して世を去ったという。里人があわれんで、塚を作り墓にしたのが梅若塚で傍には一本の柳の木が植えてある。

後に謡曲の「隅田川」などによって梅若丸の母が狂女となって我が子を追い、ここへ来て我が子の墓と対面するという悲しい物語は人口に膾炙《かいしゃ》している。

るいにしても、その物語に心を打たれるものがあって、この近くまで来ると、余程、急ぎの用でもない限り、木母寺に立ち寄って梅若塚に香華《こうげ》をたむけていた。

で、今日も塚に合掌していると、どこからか赤ん坊の泣き声が聞えて来る。

子守っ子が泣く子をあやしてでもいるのかとあたりを見廻してみたが、それらしい姿もなかった。

木母寺の境内を抜けて、水神《すいじん》の森のほうへ出る。

「お嬢さん、あそこ……」

お吉が指したのは杉木立のところで、一本の木に紐《ひも》が結んであり、その先にやっと歩けるかどうかといった年齢の赤ん坊が結びつけられている。

木の下は雑草が茂っていて、赤ん坊が這《は》い廻っても泥だらけになるというものではないが、紐の長さは五尺足らず、なにかのはずみでひっくり返ったのだろう、赤ん坊は仰むけになったまま、声を限りに泣いている。

「まあ、いったい、なんてことを……」

お吉が走り寄って紐を解き、るいが赤ん坊を抱いた。ずっしりと重く、柔らかな体をるいがもて余しながらゆすぶったが、一向に泣きやむ様子もない。

「お腹がすいてるんじゃありませんかね」

お吉がのぞき込み、それから赤ん坊の着物をめくって、

「お襁褓《むつ》もぐしょぬれですよ」

と眉《まゆ》をひそめた。

「捨て子ですよ。かわいそうに……」

お吉が木母寺の境内をふりむいた。

そっちには掛け茶屋が三軒あって、その中《うち》の武蔵屋は少々、昵懇《じっこん》でもある。

「あちらへ行って、とにかく、なにか食べさせてみたらどうですかね」

泣く子をもて余していたるいも、その気になって武蔵屋のほうへ歩き出すと、水神の奥の木立から若い男女がふざけ合いながら出て来た。

こっちをみて女がなにか叫び、男が走って来た。

「あんた方、その子をどうする気だ」

「どうするって……」

向い合ったのはお吉で、

「捨て子をみつけたから、届けに行くんですよ」

「よけいなことをするな。そいつは俺達の子だ」

「あんた方の……」

若い女がとんで来て、るいの手から赤ん坊を抱きとった。

「よしよし、清吉、泣かないのよ」

「冗談じゃありませんよ」

つい、るいもきびしい声になった。

「犬じゃあるまいし、こんな所に赤ん坊をつないでおいて……あたしたちが来た時、この子がどんな恰好をして泣いていたと思いますか。あんた方はいったい、どこへ行っていたんです」

改めて相手をみて、るいはどきりとした。

女の髪には落葉がついていた。肩にも着物の後のほうにも枯れ芝や草が付着している。衿《えり》から胸のあたりがだらしなく着くずれして、下半身に力がなくなっている。男は上気した顔で、こちらもどこかしどけない。

水神の森のしげみの中で、二人がなにをして来たかは、一目瞭然であった。

るいが黙って歩き出し、お吉が、

「全く、赤ん坊ほったらかしにして……みっともない」

捨てぜりふを残してるいの後を追って来た。

寺島村の渡し場へ来ると、待たせてあった小舟のところに長助《ちょうすけ》が立っていた。

「実は、あっしもこの近くの寺に焼け出されの知り合いがいるんで、ちょいと見舞に行ったところなんで……」

通りすがりに船頭をみて、顔見知りなので声をかけると、るいとお吉の名前が出たので、それではと待っていたといった。

「なにかあったんですか」

るいとお吉の顔色をみて、すぐに訊《き》いた。

「馬鹿馬鹿しいったらありゃしないんですよ。捨て子かと思ったら、お父つぁんとおっ母《か》さんが出て来てね」

舟に乗り込みながら、お吉が長助にいいつけた。

「近頃の若い親と来たひには、なにをしでかすかわかりゃしませんよ」

ついでだからと、永代橋の近くまで便乗させてもらった長助に、お吉は忿懣《ふんまん》やる方ないといった口調で話すと、苦笑しながら聞いていた長助が分別くさく答えた。

「そいつはどうも、あんまりいい気持のものじゃござんせんが、ひょっとすると、やっぱり焼け出されの夫婦者かも知れませんよ」

長助が訪ねて行った西光寺という寺にも、この前の火事に遭った人々が何家族も厄介になっていたが、

「なにせ、だだっ広い本堂から内陣までに四軒か五軒の焼け出されが一緒に雑魚寝《ざこね》をする毎日で、若い夫婦はどうにも困っている按配でした。早いところ、仮小屋でもなんでも、家族だけの暮しをしたいと、まあ人情でござんすからねえ」

そういわれて、るいも考えを改めた。

夫婦が他人の中で何口も暮していれば、時には二人だけの束の間を求めたくなるのが当然かも知れないと思う。

「それにしても赤ん坊は災難でござんすね。木につながれたんじゃたまりますまい」

若い連中は無茶をするものだと、長助も慨歎している。

大川端の「かわせみ」へ戻って来ると、畝源三郎《うねげんざぶろう》の妻のお千絵《ちえ》が息子の源太郎《げんたろう》を伴って遊びに来ていた。

八丁堀の屋敷にいては、どうも人見知りをするようになるからと、このところ、よく

「かわせみ」へやって来る。るいとは幼なじみで、その点、気がねがなかった。

「どうぞ、ごゆっくりなさいまし。源太郎坊っちゃんは手前がお守をしていますから」

大きな膝に源太郎を抱いた嘉助《かすけ》が嬉しそうにいい、お千絵はるいの部屋へ通って、女ばかりのお茶になった。

「畝様は相変らず、おいそがしいのでしょう」

向島で買って来た団子を勧めながら、るいがいい、お千絵が青い眉をひそめるようにして笑った。

「火事場泥棒が多いのですって……」

火事さわぎで人が避難してしまった家へ入って盗みを働いたり、焼跡へいち早く戻って来て、焼け残った土蔵の扉をこわして中の品物を盗んで行く。

「普段と違って、御近所の人々も焼跡の片付けに親類の人が来ているのかと、つい、うっかりしていると、あとになって、あれは盗っ人だったとわかるのですって……」

「畝様も御苦労なことですのね」

「東吾《とうご》様は狸穴《まみあな》でしょう」

「ええ、もう四、五日でお帰りになりますけれど……」

「お待ちかねね、おるい様」

他愛もない話をしているところへ、嘉助が来客だととり次いで来た。

「富沢町の近江屋の大番頭さんで……畝の旦那のお口ききで来られたといいますが」

るいが帳場脇の小部屋へ行ってみると、小肥りの五十がらみの男が待っていた。呉服問屋の番頭というだけあって、腰が低く、口のきき方も優しい。

「不躾《ぶしつけ》に参上いたしまして申しわけございません。手前は近江屋の番頭で芳兵衛と申します」

近江屋というのは日本橋の白木屋とも取引のある大店《おおだな》だが、富沢町という場所柄、古着も扱っているといった。

昔から富沢の市《いち》というのは古着市で日本全国からの古着が集められるので有名だったから、古着専門の呉服屋の数が多い。

が、近江屋は本来、新品の呉服物を扱っている店で奉公人の数も三十人以上という老舗《しにせ》であった。

「富沢町でしたら、先だっての火事で……」

るいが訊き、芳兵衛が頭を下げた。

「すっかり焼け出されましたが、商売蔵は三つとも無事でございました」

火事の多い江戸のことなので、こうした大きな店では防火の手筈《てはず》もととのっていて、普段から奉公人に訓練もしている。

「まあ不幸中の幸いと申しますか、只今、仮店を普請《ふしん》して居ります」

ところで今日「かわせみ」へ来たのは、

「手前共の奉公人の夫婦者を一組、暫《しばら》くの間、お宿を願えませんものかと存じまして……」

奉公人といっても、ただの使用人ではなく、

「手前共では、元来、近江屋源七と申しますのが主人でございましたが、先代源七が病弱なこともございまして、どうも商売がおぼつかなく、それで取引のあった白木屋さんにお願い申して、商売の肩代りをして頂くことになりました」

店の経営を白木屋本店にまかせ、白木屋のほうから然るべき番頭や手代が乗り込んで来て、それまでの近江屋の奉公人も一緒になって、店をやって行く恰好になった。

「今のところ、万事、好調にやって居りますし、今度の災難も白木屋さんの援助がありますので、無事に切り抜けることが出来ようかと存じます」

大店の奉公人はどこもそうなように、殆どが住み込みで独り者が多い。所帯を持つのは、長年勤め上げて暖簾《のれん》わけをしてもらえるようになってからというのが普通であった。

「ですが、手前共の手代をして居ります清二郎と申しますのは、先代近江屋源七の倅《せがれ》に当りまして……」

近江屋の商売が白木屋の手に移ってからは手代として働いているが、すでに女房持ちで子供もある。先代の倅というので、特に自分の家から通いで奉公することが認められていたのだと、芳兵衛は説明した。

「長谷川町に家がございましたが、そっちも焼け出されまして、今は先代ゆかりの寺に御厄介になって居りますが、まだ幼いお子もおありで、なにかにつけて不自由でござい

ます。間もなく、然るべき住居を決めることになりましょうが、とりあえず、それまで、こちらにお宿を願えないものかと……」

丁寧な挨拶に、るいはすぐ承知した。

「よろしゅうございます。手前共でよろしければ、どうぞお出で下さいますように……」

子供連れということであれば、新築の部屋がよかろうといった。

「他のお部屋とは離れて居りますし……」

庭に建て増しをする時、枝ぶりの良い梅の木と銀杏《いちょう》の木を伐りたくなかったので、母屋とは廊下伝いの別棟になっている。「かわせみ」では上等の部屋であった。

「早速、御引受け下さいましてありがとう存じます。それでは一両日中に手前が案内して参りますので……」

喜んで芳兵衛が帰り、帳場で聞いていたお千絵が首をすくめた。

「全く、うちの旦那様と来たら、なんでも、おるい様に押しつければよいと思っているのですもの、帰ったらうんとお灸をすえてやりますから……」

二

翌日、るいは新川の酒問屋の総領が嫁取りをした祝の席に招かれて出かけた。

夕方になって引出物の包を持った酒問屋の手代に送られて帰って来るとお吉と嘉助がなんともいえない表情で帳場のところに立っている。礼をいって手代を帰してから、るいは二人をふりむいた。留守中になにかあったのかと訊くと、お吉が顔をくしゃくしゃにした。

「芳兵衛さんが、近江屋さんの悴夫婦って人を連れて来たんですけどね」

「うちの離れがお気に召さなかったの」

「そうじゃございませんで……その御夫婦ってのが、この前、お嬢さんと水神の境内で出会った、あの人達だったんです」

赤ん坊を木につないでおいて、るいとお吉に、てっきり捨て子とかんちがいをさせた夫婦だという。

「むこうさんも気がついたの」

「ええ、あたしが挨拶に出たら、夫婦で顔を見合せて笑ってました」

だからといって、「かわせみ」に宿をたのむのをやめるともいわず、平気で離れへ通って、

「気に入ったから、当分、厄介になるっていいました」

るいが嘉助に相談するようにいった。

「あたしも御挨拶に行って来たほうがいいでしょうか」

嘉助が大きく手を振った。

「それが、手廻りのものを買いに行くとおっしゃって、お二人でお出かけになったんですよ」

「赤ちゃんを連れて……」

「いいえ、女中に子守を頼んで行きました」

離れへ行ってみると、お新という「かわせみ」では一番若い女中が馴れない恰好で赤ん坊の相手をしている。

「なんだか厄介なお客を背負い込んじまったようですね」

お吉が首をすくめたが、まだ、その時はさほどにも思っていなかった。

これはえらいことになったと嘉助までが途方に暮れたのは、その翌日からのことで、離れに陣取った若夫婦の中《うち》、清二郎は朝飯をすませると富沢町の焼けた店のほうへ出かけて行き、女房のおふねというのがあとに残るのだが、これがまるっきり赤ん坊の世話をしない。

やれ髪結いに行くの、用足しが出来たのと、赤ん坊のお守を女中に押しつけては出かけて行き、まず夕方にならないと帰って来ない。

その上、自分達の肌につくものから、赤ん坊の襁褓《むつき》まで洗濯を女中に頼む。

流石《さすが》にお吉がたまりかねて、盥《たらい》も洗濯板もお貸ししますがと、遠廻しに自分でしろといってみたが、勝手がわかりませんので、よろしくお願いしますと、あっさり逃げられてしまった。

「いったい、どういうところからお嫁に来たんですかね」

近江屋がすでに左前になってから、悴の嫁になったのだろうから、そう大家のお嬢様でもあるまいし、第一、今の清二郎は近江屋の若旦那ではなく、一奉公人として働いている身分でもあった。

「焼け出される前、長谷川町の家作に住んでいたっていいますから、その頃は何人も女中を使ってお出でだったんですかって訊いてみたら、夫婦水入らずの暮しだったっていうじゃありませんか。だったら、水仕事も自分でやっていたわけでしょう。いくら宿屋だって、そこの奉公人をお客が勝手に使っていいものじゃございませんよ」

とお吉は不満をぶちまけたが、なにしろ畝源三郎の口ききで来た相手だけに、それ以上はなんともいえない。

「長いことではないのだから、気持よく面倒をみておあげなさいよ。うちへお泊りになるお客様の洗濯物をしてさし上げるのはいつものことだし、赤ちゃんづれのお客だって、これまでに何人もあったでしょう……」

るいはお吉や女中達をなだめて、自分から赤ん坊の世話をするようにした。

母親のおふねの話によると、ちょうど誕生日が過ぎたばかりで、名は清吉、今までに病気らしい病気もせず、すくすくと育って来たという。母親の乳は火事さわぎ以来、出が悪くなっているがその前から重湯だの、粥だのを食べるようになっていたから、格別、不都合なことはないという。実際、おふねがいくら出歩いていても、赤ん坊はるいが煮てやるお粥をもらって食べ、あまり泣きもしないでよく眠る。

清二郎は夕方に帰って来ることもあるが、仮店の準備で忙しいらしく、夜更けに戻るのも珍しくはなかったが、おふねのほうは流石に暮六ツ（午後六時）までには戻って来て、るいの部屋で寝ている赤ん坊をのぞき、そこで少しばかりのお喋りをしてから、清吉を抱いて自分の部屋へ行く。

どちらかというと話し好きで屈託がなく、その日、買って来た半衿だのかんざしだのこまごましたものを、るいに見せたりするかと思うと、訊きもしないのに、自分の家のことをとりとめもなく話したりする。

るいが驚いたのは、おふねの年齢が、まだ十六だということであった。

生家は八王子のほうで、両親はもう歿《なくな》って居り、長兄が百姓をしているらしい。母親の遠縁に当るのが日本橋堀江町に嫁に来ていて、そこへ奉公旁《かたがた》、十三の時から厄介になっていて、十五の時、清二郎に見染められて夫婦になった。

「本当をいうと息がつまりそうになっていたんです」

清吉を産んでから、殆ど外出らしい外出をしていなかったといった。

「赤ん坊って、始終、お乳をやらなけりゃいけないし、夜中だってゆっくりねむれない。お襁褓は洗わないと忽《たちま》ち足りなくなるし、飯の仕度だ、掃除だって、全く、自分の自由になる時間もなかったから……」

「かわせみ」へ来て、本当にほっとしたと正直に笑顔になるところは、まだ小娘であった。

「夜中に清吉が泣き出して、どうやっても泣きやまない。こっちはねむくてたまらなくて、そういう時は清吉を捨てちまいたくなるんだよ」

そんな話をお吉が聞きとがめて、あとからるいにささやいた。

「全く、あれで母親なんですかね」

だが、そういうお吉もけっこう子供好きなので、文句をいいながら襁褓を洗っている。

東吾が狸穴の方月館《ほうげつかん》から帰って来た時、るいは古い浴衣《ゆかた》をほどいて襁褓作りに夢中になっていた。

「また、妙てけれんな客が滞在してるってじゃないか」

早速、一風呂浴びて来た間に、東吾はお吉に話を聞いて来たらしい。

「とんだ客を紹介したもんだ。源さんに文句をいってやろう」

東吾にいわれて、るいは顔色を変えた。

「そんなことを畝様におっしゃらないで下さいまし。折角、かわせみを見込んでお世話して下さったお客様のことで、苦情を申し上げては、るいの立場がございません」

宿賃はきちんと頂いているのだからと、るいにむきになられて、東吾は笑い出し、その話はそれきりになった。

翌日、東吾が八丁堀へ帰ろうとしているところへ深川から長助が蕎麦粉を届けに来た。

例によって、帳場で嘉助と世間話をしていたが、話が富沢町の近江屋になると俄然、威勢よく喋り出した。

「その近江屋ですが、流石に後についているのが白木屋だけにやることが派手で、昨日から仮店で大売り出しをはじめたんですが、一日で、見舞客に出した御膳が六百人、つまりそれだけの人間が見舞金を持ってかけつけたってわけで、その上、押すな押すなと買い物客がやって来て、一日の売り上げがどうみても千両は下るまいというんですから、こういうのを焼け太りとでも申しましょうか……」

「そいつは豪気だな」

話の仲間に東吾も加わった。

「近江屋の売り出しはいつまでだ」

「一応、在庫の品を売り尽すまでといっていますが、店の者の話では三日ばかりで店を閉めるそうで、それから本普請にかかるっていいますから、随分と手廻しのよいことで……」

「三日で千両箱が三つか」

「まあ、昨日の勢いではそのくらいは参りましょう」

「盗賊にとっては、ねらいどころだな」

「ですが、商売蔵は焼け残って居りますし、その蔵の二階には奉公人が寝泊りをしているそうで……仮店のほうはともかく、蔵の戸を破るとなると、滅多なことでは……」

「それもそうだな」

蕎麦がきを二杯食べて、東吾は八丁堀の屋敷へ帰って行った。

翌日、畝源三郎が東吾を訪ねて来た。

「富沢町まで行ってみませんか」

例によって茫洋とした表情でいう。

昨夜、かなり更《ふ》けてから雨になったのだが、朝にはきれいに上って、からりとした日和になっている。

八丁堀の組屋敷はどこも敷地が広いので、庭木が多い。雨上りは緑がひとしお濃くなって目に鮮やかであった。

が、それも江戸橋を渡り、更に伊勢町堀に架っている荒布《あらめ》橋を通って堀江町へ入ると一変した。

堀江町の掘割のむこうは一面の焼野原であった。ところどころに仮小屋が出来、人足達が道作りをはじめてはいるものの、焼跡独得の臭いが漂っていて、瓦礫《がれき》がおびただしく積み上げられている。

「こりゃあ、ひどいな」

大火の時は狸穴へ行っていて、噂でしか知らなかった東吾が思わず慨歎した。

堺町は殆ど壊滅していて芝居小屋なども跡形なしであった。

住吉町の裏河岸へ出る。堀は土砂が流れ込んで使いものにならなくなっていた。

「ここで随分、焼け死んだんですよ」

歩きながら源三郎が低い声でいった。

「火に追われて、みんな水へ飛び込んだんですが、狭い掘割ですし、あとからあとから飛び込むので下敷になった者から溺れ死にしてしまったようです」

死臭は、ここもまだ消えていない。

が、その狭い掘割から浜町河岸に出てみると、風景はまた変っていた。

河岸沿いの難波町、高砂町、富沢町には仮店舗ながら、もう商売が出来るまでに整理がされていて、驚くほどの人が列を作っている。

「近江屋の売り出しなんですよ」

源三郎が教えた。

「火事の時、蔵に入っていて焼けなかった品物を蔵おろしと称して売り出したのが、えらい人気になりましてね」

無論、普段よりも値引してのことだが、

「古着なんぞは一日で品切れになったそうです」

近江屋あたりで扱う古着は、同じ古着でも上等の部でいつもなら値も安くはない。それが蔵おろしで半値になっているというので、日本橋、神田界隈だけではなく、四谷や赤坂、上野、浅草のほうからも客が押しかけて来たという。

「近江商人は転んでも只では起きないというが、たいしたものだな」

近江屋の前には到底、近づけないので栄橋の袂《たもと》に立って見物していると、混雑の中からひょっこりお吉がとび出して来た。

「若先生じゃありませんか。いやだ、畝の旦那も御一緒なんですね」

お吉が抱えているのは、大きな風呂敷包で、

「うちへお泊りの清二郎さんが、いい買い物があるからっていってくれたんで、思い切って出て来たんですよ。うまい具合にいいものをよけておいてくれたので、そっくりもらって来たんですけど、本当に安くて助かりました」

「かわせみ」の奉公人達のお仕着《しきせ》だという。

「清二郎ってのは、どいつだ」

東吾が訊き、お吉がふりむいて近江屋の店を眺めた。

「右から二本目の柱の横に立っている背の高い人ですよ」

「案外、男前だな」

「呉服屋の奉公人は、器量がよくないとつとまらないっていいますから……」

「清二郎は毎晩、かわせみへ帰っていますか」

いきなり源三郎が口をはさんだ。

「昨夜は遅くなって帰って来たんですけど、売り出しの最初の晩は蔵泊りだって、多分、今夜もそうじゃありませんか」

蔵おろしは三日の予定であった。今日、店を閉めてから夜っぴて算盤《そろばん》を入れたり帳簿を合せたり、金勘定が待っている。

お吉が挨拶をして去ってから、源三郎は東吾をうながして近江屋の裏手へ廻った。

焼け残った立派な土蔵が三つ並んでいる。外側は煤《すす》けてみる影もないが、なかの品物

だけは完全に守り通した。

「こういった老舗は奉公人がいざという時のためにさんざん訓練をさせられていましてね。近江屋でも白木屋から来ている番頭や手代が指図をして、逃げる寸前まで川の水を運んで土蔵の外壁を濡らし続けたそうですよ」

どたん場になって一度逃げたものの、火の手が逆の方角に変ると、すぐ戻って来て又、土蔵に水をかけ続けた。

「武士も及ばぬ働きって奴だな」

そうやって守り抜いた品物を安く売っておびただしい利得を上げる。

「女どもに聞いたのですが、呉服屋と申すのは、武家屋敷に出入りするにせよ、得意先をふやすにせよ、さまざまの接待をしたり、進物をしたりと、けっこう金がかかるそうで結局は売る品物にそうした費用が上積みになって値がつけられる。ですからこうした売り出しで半値に売ったとしても、充分、利潤が上るものなのだそうです」

東吾が商売とは縁のなさそうな友人の顔をみて笑った。

「一日で千両箱が一つというと、三日で三千両か」

「いや、それ以上でしょう。下手をすると四、五千両……」

「そいつは、近江屋の蔵の中か」

「いずれは、近江屋改築の費用になるのでしょうが……」

「他人の金を数えても仕方がないな」

東吾が歩き出し、源三郎が続いた。

「気になることがあるのですよ」

正月に四谷から市ヶ谷にかけて大火があった時、

「市ヶ谷にも白木屋の息のかかった呉服問屋があります」

やはり近江出身の者が開いた呉服問屋で白木屋と取引があったが、商売がうまく行かなくなって店の名義もろとも白木屋に身売りをした。

「店の名はやはり富沢町と同じく近江屋と申します」

どちらかというと大名家へお出入りが多く、尾州、紀州、水戸の御三家の納戸《なんど》方《がた》と親しくして、御用を承っていた。

「ですから火事の時もそうしたお出入り先から見舞金もあり、その上、今度と同様に商売蔵は一つを除いて焼けなかったので、仮店で蔵おろしの大売り出しをやり、五日で五、六千両の売り上げがあったそうです」

その金が、売り上げの終った夜に、強盗が入って盗まれた。

「蔵には奉公人が十人近くも寝泊りしていたのですが、一人残らず斬り殺されていました」

「鍵はどうだったんだ。それだけの蔵なら鍵にしたって、おいそれとぶちこわされるような代物じゃなかろうが……」

「鍵は開いていたんです」

「なかから開けられたとしか思えない状態でした」

「なに……」

「手引きをした奴があるのか」

「奉公人は一人残らず殺されていたのです」

白木屋で訊ねたところによると、そうした大金を守って蔵に入っている奉公人は、たとい、知っている者が外から声をかけても断じて戸を開けることはないという。

「市ヶ谷では、翌日、金を本店へ運ぶことになっていたそうですが、その場合は夜があけてから、定めの時刻に本店の者が手札のようなものを持って来て、それを蔵の二階の窓から確かめて戸を開けるくらいで、夜更けに誰が戸を叩こうと開ける筈はないと申しているのです」

「外からは開けられないのか」

「内鍵が閉っていると、どんな鍵を持って来ても駄目だそうです」

「ひどく厳重なものだな」

それも、年間の在庫品の値だけで十万両を軽く超すという白木屋の支店ならではのことに違いない。

「手引きをした奴も、盗賊は殺して行ったということか」

源三郎が腕を組んだ。

「浅草橋の大火にも、芝の時にも似たような事件が起っています。どちらも、白木屋とはかかわりはありませんが、盗賊の手口はそっくりです」

ひょっとすると、大火の原因も盗賊の放火ではないかと、火付盗賊改《ひつけとうぞくあらため》のほうでも動き出していると源三郎はいった。

「別に手柄を争うつもりはありません。手前としては江戸を焼野原にされぬ中になんとか曲者《くせもの》を捕えたいのと、そうした悪人の口車に乗って、とりかえしのつかないことになる者を、その前に助けることが出来ればと……」

「清二郎をかわせみへやったのは、そのためか」

「よもやと思いますが、清二郎が自分の店を白木屋に乗っとられたと考えているとすると、悪人のつけ入る隙があるかも知れません」

町方《まちかた》としては、盗賊が入る可能性があるといっても、それだけで焼け太りの商人の金の番人をすることは出来ないと源三郎はいった。

「盗賊が押し入った時から町方の出番なのですが、物事はそう四角四面には参らぬようで……」

「わかった……」

日本橋の近くで源三郎と別れ、東吾は「かわせみ」へやって来た。

るいの部屋に赤ん坊を寝かせ、おふねはお吉が買って来た呉服物をみせてもらっている。

「あんたが嫁に行った時、もう近江屋は白木屋の支店になっていたのか」

さりげなく東吾は話しかけた。

おふねは東吾の姿をみても遠慮して出て行く気配もなく、あっけらかんとした表情でそこに居すわっている。

「そうですよ。清二郎は長谷川町の家作にお父つぁんと住んでいて、そこから店へ通っていましたから……」

「父親はどうした」

「死にました。あたしが嫁に来てすぐでしたけど……」

「清二郎は白木屋のことをどういっていた。本来なら近江屋は自分の店だろう」

「でも、あのままだと潰れちまうところだったんですから……別に、なんともいっていませんん」

「随分、あきらめがいいんだな」

「この前いってました。何万両の金があったって生きてる中に使い切れやしない……」

「そりゃあそうだ」

笑って東吾はもう一つ訊いた。

「焼け出されて向島の寺にいる時分、清二郎の友達なんぞが訪ねて来なかったか」

「あの人は、毎日、お店の焼跡を片づけるのに出かけていましたから……蔵に泊ったこともあるし……」

赤ん坊が泣き出して、おふねは漸《ようや》く部屋を出て行った。廊下でお吉がお襁褓をとりかえろの、乳を飲ませろのと世話を焼いている。

「あの人達のことで、なにか……」

とるいが訊いたが、東吾は首を振っただけで湯呑に手をのばした。

三

るいを抱いて、一ねむりしてから東吾は夜具を出て着がえた。

「どうなさいましたの」

目をさましたるいが慌てて起き上ろうとするのを軽く制して、

「源さんの手伝いだ。かまわないでくれ」

帳場では、嘉助がまだ寝ていなかった。

「清二郎は帰っているか」

と訊いたのに、

「いいえ、今夜は店のほうへ泊ると、出がけにいっていましたんで……」

うなずいて東吾は草履へ足を下した。

「戸閉りをたのむ」

夜の中をまっしぐらに江戸橋を渡って日本橋へ入って来ると、行く手に赤い煙がみえた。

半鐘が鳴り出している。

方角は浜町河岸のむこうのようであった。

堀江町を抜け、焼野原の堺町をすぎる。

火の手はかなり大きくなっていた。が、掘割の向う側のことで、風も北へ向いて吹いていた。こっちは風上に当る。

浜町河岸のむこうは人々が右往左往していた。反対にこっち側はひっそりしている。仮小屋に暮している人も、火事の様子をみに、堀のむこうへ行ってしまったためである。

東吾は火事をみていなかった。まっしぐらに近江屋の蔵のほうへ急ぐ。

予感は当った。

人の悲鳴が聞えた。真ん中の蔵のあたりである。蔵の戸は開いていた。抜刀した男達が蔵の入口にみえる。その中の一人が東吾に気づいた。無言で斬りかかって来る。

苦もなく東吾はひっぱずした。つんのめって行くのを抜き打ちに斬る。こっちは一人だけに容赦が出来なかった。

ばらばらと賊が東吾を囲み、東吾の体が燕《つばめ》のように動いた。白刃が光芒を引く度に、賊が一人ずつ絶叫した。

蔵のむこうから男が一人とび出して来たのは、東吾が的確に三人を斬った時であった。

「若先生じゃありませんか」

長助であった。長助が呼《よ》び笛《こ》を吹いた。その長助へ襲いかかった賊は、東吾が斬った。

「長助」

「畝の旦那も、只今、こっちへおみえんなります」

長助が来てから、東吾は敵に手心を加えた。

一人の脚を払って動きを封じ、残った一人は峰打ちに倒した。長助がかけよって縄をかける。

蔵の中から芳兵衛が這い出して来た。

「灯をつけろ」

東吾が命じ、奉公人の一人が行燈《あんどん》にあかりをつけた。

入口近くに清二郎が倒れていた。肩先から深く斬り下げられて絶命している。

「火事さわぎになりまして、清二郎さんが内鍵をあけようと申します。手前は火事は堀のむこうだから、まだ開ける必要はないと申しましたのに、勝手に……そのとたんに賊がふみ込んで来て、清二郎さんを斬りまして……もう、どうなることかと生きた心地もございませんでした」

芳兵衛が慄《ふる》えながら東吾に訴えた時、源三郎が蔵の階段をかけ上って来た。

「火事に欺されました。東吾さんが来て下さらなかったら、とんだしくじりをやらかすところでした」

長助と共に、近江屋の近くに張り込みをしていながら、対岸の火事に驚いて、そっちへかけつけて行った。

「敵もさる者です。しかし、これで当分、鳴りをひそめることになるでしょう」

盗賊一味の中、四人が斬られ、二人が捕縛された。

だが、「かわせみ」一家にとっては気がかりなことが一つ残った。

事件以来、おふねは町方の取り調べを受け、なにも知らなかったとして放免になったものの、もはや「かわせみ」へ戻るわけには行かなかった。

「赤ん坊と一緒に、向島の寺に厄介になっています。いずれは八王子の実家へ帰ることになると思いますが……」

長助から知らせがあって、るいは向島のその寺まで、おふねを見舞に出かけた。

雨の日で、おふねは赤ん坊を背負って、寺の台所で炊事をしていた。

相変らず、けろりとした感じで、るいの見舞に礼をいい、少しばかり話をしたが、以前より口の重い様子であった。

赤ん坊があまり体の調子がよくなくて、夜泣きをするし、食欲がなくて困っているとのことであった。

「だったら、すぐお医者におみせなさい、小さい人は、手遅れになると、とんだことですから……」

もし、なんなら本所の麻生《あそう》家へ宗太郎《そうたろう》を訪ねて行くようにと、道順も教えたが、おふねはどこか上の空のようであった。

それでも帰るるいを送って木母寺の近くまで来た。

いっときやんでいた雨がまた降り出して、おふねは傘を持っていなかった。るいは自分の傘を彼女に持たせ、走って武蔵屋まで行き、駕籠を頼んでもらって大川端へ帰った。

それから五日。

おふねが、病死した赤ん坊を抱いて、梅若塚の近くの岸辺から大川へ身投げをしたと長助が知らせに来た。

その日も雨で、おふねが入水《じゅすい》した岸辺には、この前、るいがおいて来た傘が開いたまま、雨に打たれていたという。

みずすまし

一

狸穴《まみあな》方月館の月稽古の帰り、東吾が大川端の「かわせみ」に寄らず、まっしぐらに八丁堀の屋敷へ戻って来たのは、鯉のせいであった。

一匹のまるまると肥った真鯉を、松浦方斎《まつうらほうさい》から、

「通之《みちの》進《しん》どのへ差し上げるように……」

と土産に持たされたものである。

鯉は、兄の好物であった。

方月館の善助《ぜんすけ》が魚籠《びく》に入れてくれた鯉は、まだ生きていて、時折、したたかに跳ねる。

春とも思えないような肌寒い日だったのに東吾は汗をかいて屋敷に着いた。

「義姉《あね》上《うえ》、鯉を頂戴して来ました」

庭へ廻って、縁側から声をかけると、居間から香苗《かなえ》が出て来て、東吾の開けた魚籠をのぞき込む。

流石《さすが》に、鯉はもうぐったりしていた。それでも鱗はきらきらと輝いている。

「見事なものを……」

東吾の顔からふき出している汗を眺めて、すまなさそうにいった。

「さぞ、重かったことでしょう」

「なんということはありません」

兄嫁と目を合せないようにして早口にいった。

「兄上がお帰りになるまでには戻って来ますから……ちょっと……出かけて来ます」

「でしたら、お召しかえを……」

「なに、このままでいいのです」

微笑している香苗に背をむけて、東吾はそそくさと屋敷をとび出した。

行った先は無論、「かわせみ」である。

勝手知った裏木戸から、るいの部屋のほうへいってみると、女の話し声が聞えてくる。来客か、と、東吾は少しばかり出鼻をくじかれた気がした。仕方がないので、後戻りをして、今度は表口の暖簾《のれん》をわけて入った。

「若先生……」

帳場にいた嘉助が笑顔で迎えて、すぐに女中に声をかける。

「客が来ているようだな」

埃まみれの足袋《たび》を脱ぎながら嘉助に訊いた。

「はい、柴田左門様のお嬢さまで……」

「柴田……」

「歿《なくな》った、うちの旦那様と同じ定廻りでございまして、只今は御子息の栄太郎様が跡を継いでいらっしゃいます」

東吾は面識がなかった。

小さな足音がして、奥からるいが現われた。

「お帰りなさいませ」

そのあとから、もう一人、女の顔がみえた。

るいよりも、やや年かさにみえるが、なかなかの美貌であった。東吾と視線が合うと、目許《めもと》を笑わせるようにして会釈をしたのが、ひどく色っぽい印象である。

「お与里様とおっしゃいますの」

るいがひき合せ、お与里はもう一度、腰を深く折ってお辞儀をした。それから、るいに向って、

「では、私はこれで……」

と暇《いとま》を告げた。るいのほうも、別にひきとめない。

「又、お遊びにお出かけ下さい」

嘉助が履物を出し、お与里は東吾の前をすりぬけて土間へ下り、まんべんなく挨拶をして帰って行った。

るいにうながされて、東吾は風呂へ入った。

宿屋稼業の良いところは、大体、いつでも湯が沸いている。

「今日はゆっくり出来ないんだ」

ざっと汗を流して、まず、ことわりをいった。方月館から鯉を持たされたことを話すと、

「それじゃ、御酒も、いけませんか」

お吉がるいの代りに情なさそうな声を出す。

「まさか、酒の匂いをさせて、兄上の前へ出るわけにも行くまいが……」

その代り、茶漬でも作ってくれと註文した。

「かわせみ」の板前は、この頃、なかなか凝った茶漬を作る。

「さっきの客だが、なにか話があって来たのじゃなかったのか」

東吾が来たことで、慌てて帰った。

「お与里様でしたら、かまいませんの」

このところ、毎日のように、「かわせみ」へやって来ているといった。

「お気の毒に、婚家を離別になって、御実家へお戻りになっているのです」

湯上りに番茶を飲みながら、東吾が目を丸くした。

「なんだって離縁になったんだ」

「お与里様のお話では、お子が出来なかったせいだとか……」

嫁いだ先は大番組の佐伯和之助という男の所で、

「御器量のぞみで、是非にということでしたのに」

町方役人の娘としては、玉の輿《こし》だったとるいはいった。

それが今から五年ほど前のことで、その当時、組屋敷中の評判になるほどの華やかな婚礼であった。

「そういわれると、そんな話を源さんから聞いたような気もするな」

それにしても、望まれて嫁いだ女が、子供がないという理由で離別されるというのは、いささか理不尽であった。

「当人同士はまだ若いんだ。仮に、さきざき子供が出来なかったとしても、養子をもらうなりしたら家名を潰すことはない」

るいが、そっと視線を逸らせた。

「佐伯様は、他の女子《おなご》にお子を産ませたそうですの」

それが男の子であった。

「困った奴だな」

東吾が苦笑し、茶漬を運んで来たお吉が早速、話の仲間に加わった。

「なんですか、佐伯様の親御様はその女がお気に入りなんだそうで、もともとお姑様のほうは、お与里様が嫁入りする時、大反対をなすったんです」

るいがつらそうな口調でいった。

「お与里様も意地を張って……佐伯様のお父上は、子供をひき取って、お与里様が育てはとおっしゃったそうですけれど、はっきり、おことわりになってしまったとか」

「そりゃあそうだ。亭主の浮気の子をひきとって、母親代りになれといわれて喜ぶ女はあるまい」

「でも、世間には、ままあることではございませんか」

「るいは、俺が他の女に作った子をひき取れといったら承知するか」

茶漬をすすりながら、東吾は笑った。

「俺は断じて、そんな真似はさせないな。女房をもらうのは、子供を産ませるためじゃなかろう。惚れたから一生、添いとげようと決めた。子供が出来ようと出来まいと、なんのかかわりもないことだ」

「若先生は真実がおありなさいますから、うちのお嬢さんは幸せでございます」

お吉が涙声を出したので、東吾は照れた。

「しかし、柴田家では怒っているだろう」

「お与里様の父上はもうお歿りになって、弟の栄太郎様が家督をお継ぎなのですけれど、まだお若くて……とても、佐伯様へ苦情をおっしゃれるようではないそうです」

「親類かなんぞに、しっかりした奴はいないのか」

「お与里様は、さばさばしたとおっしゃっていらっしゃいますけれど、勝気なお方だけに御胸中はさぞお苦しいのではないかと……」

そうだろうと東吾も思った。

華やかな嫁入りをした女が、突然の悲運にぶち当って、それでも毅然としているのはいたましいものである。

茶漬を食べ、世間話をして、東吾は夕暮に八丁堀へ戻った。

その翌日、東吾が八丁堀の道場で、組屋敷の若い子弟に稽古をつけて、その帰り道に畝源三郎の屋敷へ寄ったのは、源太郎の顔をみるためであった。育ち盛りだけに十日も会わないとびっくりするくらい大きくなっている。

ひょっとすると、源三郎も帰って来ているかと期待したが、玄関の沓脱《くつぬ》ぎに源三郎の雪駄はなくて、その代り、女物の草履がきちんと揃えてある。

「柴田様の、お与里様がおみえになっていますの」

源太郎を抱いて出迎えたお千絵がいい、東吾はおやおやと思った。昨日、「かわせみ」で彼女の話を聞いたばかりである。

「少々、こみ入ったお話で……申しわけございませんが、東吾様、御一緒に聞いて頂けますまいか」

困惑したようなお千絵の言葉に、東吾は居間へ通った。

入って来た東吾をみて、お与里は驚いた表情をみせたが、すぐ親しげな微笑を浮べて挨拶をした。

「神林《かみばやし》様を御存じでしたの」

お千絵は意外そうだったが、

「昨日、かわせみのおるい様の所でお目にかかりましたの」

お与里は東吾との再会がむしろ嬉しそうであった。

「実は、とんだことを御相談に参りましたの。畝様がお帰りにならないので、奥様に聞いて頂こうとして居りました」

「源三郎は、間もなく戻ると思いますが……」

向い合ってすわると、相手の体から濃厚な脂粉の匂いがした。といって岡場所の女のような安っぽい香りではない。

「一つ間違えば、婚家の恥になることでございますし、どうしたものかと胸を痛めて居りました。弟に話しても、どうなることでもございませんし……」

深い吐息のあとで、お与里はためらいがちに話し出した。

「ただ、離別になったとはいえ、一度はその家の嫁となった私が、佐伯家の大事を知りながら、黙っているのもどうかと存じまして」

「いったい、なんですか」

お千絵が茶の仕度に立って行くと、源太郎は当然のように東吾の膝に這い上ってくる。幼い子供を抱いていることで、東吾は気が楽であった。二人きりで対座するには、相手が色っぽすぎるのである。

「口外してならないことなら、手前は口の固いほうですから……」

「東吾様に聞いて頂けますなら、嬉しゅうございます。ただ、私の申しますことを、夫を寝とられた女の妬《ねた》みから、ありもしないことをいうとお思いにならないで下さいまし。私、おたまと申す女のことを怨んでは居りません。すべては成り行きとあきらめて居りますので……」

東吾は神妙にうなずいた。

「おたまというのが、佐伯どのの御子を産んだ女ですか」

「はい」

「その女が、なにか……」

長いこと、畝源三郎とさまざまの事件にかかわり合って来て、東吾も聞き上手になっていた。

「或る者が、私に教えてくれたのでございますが……おたまには男がついていると……」

「佐伯どのの他に男がいると申すのですな」

「はい。ひょっとすると、子供はその男のではないかと……」

いいさしてお与里は顔を赤らめた。

「どうぞ、私が嫉妬の上で申し上げるのではないと、おわかり頂きとうございます。私、つろうございます」

身をよじるようにしてさしうつむいた。

「その男のことですが、なにか証拠があるのですか」

お与里がかぶりを振った。

「どういう素性の者か分らぬそうでございます。ただ、おたまの住いに始終、出入りをして、泊って行くこともあるとか……」

「住いというのは……」

「目黒村でございます。市兵衛と申す百姓の家の離れに身を寄せて居ります……」

「成程」

お千絵が運んで来た茶を一口飲み、東吾は相手をみた。

「すると、お与里どのは、その男のことについて、真偽のほどを知りたいというわけですな」

「おたまの子が、間違いなく佐伯家の血を受け継ぐ者なら、私はいさぎよく身を引きます。どこの馬の骨ともわからぬ者の子だったとしたら、あまりにも口惜しゅうございます」

それが本音だろうと東吾も思った。

「わかりました。畝源三郎が戻りましたら、相談をして、ことの真相を探ってみましょう」

「ありがとう存じます」

深々と頭を下げ、お与里はいくらか恥かしげな様子で暇を告げた。

小半刻《こはんとき》（約三十分）ばかり、源太郎の遊び相手をして待っていると、源三郎が戻って来た。お千絵があらかじめ用意しておいた酒と心尽しの手料理が出て、東吾はお与里の話をそっくり源三郎に伝えた。

「目黒村ですか」

源三郎がやや当惑気味にいった。

「あそこは代官所の支配で……」

「別に人殺しの下手人を挙げに行くわけじゃないんだ。間男の詮議ぐらい、支配違いもへったくれもあるまい」

「それはそうなのですが……」

このところ、体があかないという。

「手前のかかわり合った事件のお裁きがありまして奉行所に詰めていなければならないのです」

「それなら俺がいって来る。なんなら飯倉の仙五郎の助けを借りてもいい」

「狸穴からお帰りになったばかりじゃありませんか」

「頼まれたことは早く片付けたいんだ」

「お与里さんは色っぽいですからな」

同心仲間のことで、源三郎は嫁入り前のお与里を知っているらしい。

「そういうわけじゃない。子供が出来ないくらいで離別になったのが気の毒だと思うからだ」

たしかに、東吾は佐伯家のやり方に腹を立てていた。その気持の中には、子供の出来ない兄嫁やるいを思いやるものがある。

「ま、とりあえず、近所の噂でも聞いて来よう。その上で源さんに御出馬を願うことになるかも知れない」

少々、意気込んで、東吾は友人の注いでくれた盃の酒を干した。

二

「源さんの手伝いで、目黒村まで行って参ります」

と、出仕して行く通之進にことわりをいって東吾は八丁堀を出た。

大川端の「かわせみ」へ寄って、るいに話をして行こうかとも思ったが、そうなると腰が落ちついてしまって、目黒村まで出かけるのが億劫《おっくう》になるような気がしてあきらめた。

一昨日、歩いた道を逆戻りして飯倉へ行き、仙五郎を訪ねて、おおよその事情を話すと、この気のいい岡っ引は喜んで、

「あっしでお役に立つなら……」

いそいそと身仕度をととのえた。途中、昼食をすませて目黒村に入る。

目黒不動尊の門前町で訊いてみると、市兵衛というのは若い時分に代官所の手代をつ

とめたこともある男で、今は隠居して花作りなどをしているということであった。

市兵衛の家の離れにいるおたまという女のことも、

「あの人は市兵衛さんの遠縁の娘で駿河台のお旗本の屋敷に奉公に上っていて、殿様のお手がついて若様を産んだんだが、近い中《うち》にお屋敷へひき取られるそうで、えらい出世だと村中の評判になっていますよ」

といった。

仙五郎は更に突っ込んで、そのおたまにいいかわした男なぞはなかったのかと訊いてみたが、けっこう口の軽かった茶店の女も、そこまでは知らないという返事であった。

市兵衛の家は不動尊の境内の裏のほうで、畑の中の一軒家であった。庭に離れのような建物がある。

「あっしが行って、様子をみて参ります」

仙五郎は東吾を待たせておいて、市兵衛の家へ行き、道を訊ねるふりをして、それとなく探って戻って来た。

「市兵衛の家には、市兵衛とかみさんと二人暮しでして、どちらも七十を過ぎています。離れには、たしかに若い女が赤ん坊と暮していて、昼間は近くの百姓家の小娘が子守に来るそうですが、他に奉公人もおいていねえようで……」

とすると、仮に夜更けて誰かがおたまの家へ忍んで行ったとしても、市兵衛夫婦は勿論、とがめる人もいないことになる。

「おたまさんって人も、赤ん坊をあやしているのを、ちらっとみかけましたが、大人しそうな女で……もっとも、女はみかけじゃわかりませんが……」

もう二、三軒、噂を訊いてみましょうといい、仙五郎は東吾をうながして門前町のほうへ戻った。

ついでといってはなんだが、不動尊にもお詣りをして近くの一膳飯屋へ寄って酒を頼んだ。そこの酌女もけっこうお喋り好きだが、おたまの恋人については、

「なんていったって、御奉公に行ったのが十三、四の時からですよ。まあ、この界隈の男で、あの人といい仲だったってのが居れば、あたしらの耳に入らないわけはないが、市兵衛さんが固い人だから、まず、そんなものはなかったと思いますよ」

否定的であった。

「するってえと、御奉公に上ってから、お殿様のお手がつく前に惚れ合った男でもござんしょうかね」

声をひそめて仙五郎がいい、東吾は酔わない程度にだらだらと酒を飲んでいると、やがて日が暮れた。

どうしたものかと思う。

夜半、市兵衛の家の近くに張り込んでいたとしても、おたまの相手の男がいつやって来るのか知れないし、第一、果してそういう男が存在するのかどうか心もとない。

大体、狭い土地で、玉の輿に乗ったおたまのことはこの界隈で知らない者はないよう

だし、そういう女の所へ、もしも、男が忍んで来るとしたら、噂にならないわけがあるまいとも思えた。それがないというのは、お与里の話が間違いなのか、もしくは、よっぽど上手に忍び逢っているかであろう。

「なんでしたら、あっしが張り込みを致しますので、若先生は方月館へ、お帰りなすって……」

と仙五郎がいったが、東吾はその決心もつかないままに、一膳飯屋を出て、再び市兵衛の家のほうへ足をむけた。

不動尊の常夜灯の前を抜けて、裏手へ出ると、あたりは闇であった。

ぽつんと灯が洩れているのは市兵衛の家と、その先の離れ家だけ、空を仰ぐと星がまばらにまたたいていた。

「間男が忍び込むには、まだ早うございますね」

仙五郎が低い声でいい、二人は肩を並べるようにして市兵衛の家の周囲を一巡した。

人影が急に浮んだ。

市兵衛の家の庭のあたりで、東吾達が目をこらす間もなく外へ走り出た。畑の中の道をまっしぐらに不動尊のほうへ向っている。

東吾と仙五郎が後を追った。

境内を抜けて、門前町に出る。宵の口で門前町の店はまだ開いているのが多かった。

気がついてみると、男は頬かむりをしていた。黒っぽい着物で裾っぱしょりである。

男がすいと一軒の家へ入った。格子戸が閉まる。

その家は、目黒不動の信者が泊る講中《こうじゅう》の宿であった。

「野郎、こんな所に泊っていやあがるんでしょうか」

仙五郎がいい、格子戸を開けようとすると、内側から桟が下りている。

「ごめんよ」

戸を叩くと、おそるおそるといった恰好で返事があった。

「どなた様で……」

「俺は飯倉の仙五郎といって、お上の御用を承る者だ」

僅かな間があって、格子戸が開いた。すかさず、東吾が前に出る。

「たった今、この家へ入った男について、訊ねたいのだが……」

戸を開けた若い衆が東吾と、仙五郎の突き出した十手をみて仰天した。

「では、只今のは、盗っ人かなにかで……」

「そうではないが、当家に宿をとっているのか」

「とんでもない。ただ、通り抜けて行っただけで……」

「通り抜け……」

「へぇ、悪い奴に追われているので助けてくれと申しまして……」

若い衆が開いてみせた手に、小粒が光っている。

「野郎、どっちへ行きやがった……」

仙五郎が叫び、若い衆が裏口を指した。とび出してみると、そこは松平讃岐守の下屋敷の塀外で、とっぷりと暗い原が広尾のほうまで続いている。

「やられたな、親分」

一足あとから出て来た東吾が、思わず笑い出した。

その夜から、東吾は狸穴の方月館に滞在した。すっかり頭に来た仙五郎は下っ引を動員して、市兵衛の家の張り込みを続けるという。

となると責任上、八丁堀へ帰ってしまうわけにも行かず、東吾は方月館で正吉《しょうきち》の相手をしたり、方斎の土いじりを手伝ったりして二日ばかりを過した。

畝源三郎が方月館へやって来たのは、三日目の夜更けであった。

「遅くなって申しわけありません。やっと上役の許しが出ましたので……」

奉行所を出た足で狸穴へ向って来たという。

「なにか、わかりましたか」

源三郎に訊かれて、東吾は頭へ手をやった。

「今のところ、すっかり仙五郎の厄介になっているんだ」

最初の夜にみかけた男の話をした。

「まさか、のっけから妙なのが飛び出すとは思わなかったんで、こっちもうっかりしたんだ」

「東吾さん達に追われていると知って、そんな逃げ方をするところをみると、後暗いことのある奴でしょうな」

「宵の口というのが、気に入らないが……」

「色事は、なにも夜更けとは限りませんよ」

方月館の台所をとりしきっているおとせが夜食の用意をしてくれた。木の芽田楽を、源三郎は旨そうに食べ、湯漬をかき込んでいる。

「その後、お与里どのに会ったか」

東吾が訊き、源三郎は否定した。

「手前は会っていませんが、拙宅にはよく来られるようです。家内の話ですと、東吾さんが目黒へ向われた日もやって来て、しきりに申しわけながっていたそうです」

腹ごしらえがすむと、源三郎は目黒村まで行くといい出した。

「仙五郎は今夜も張り込んでいるのでしょう」

「そうなんだが、俺が来ると目立つというんだ。門前町を侍がうろうろしていると、いやでも人目に立つから、出て来るなといわれてね」

「仙五郎の申す通りですが、こんな夜中なら門前町も寝静まって居りましょう」

「しかし、源さん、疲れているだろう」

東吾がためらっているところへ、おとせが来た。

「仙五郎親分がみえました」

仙五郎は興奮していた。

「やっと、現場を摑みましたんで……」

今夜の戌《いぬ》の刻（午後八時頃）、男が駕籠《かご》を用意してやって来たという。

「離れの家のほうへ行きまして、戸を叩きますと、おたまさんが顔を出しまして……」

やがて、おたまが一度、家へ入り、身仕度をして出て来て駕籠に乗った。男が駕籠脇について一目散に行った先が品川台町。

「まあ、その手の宿でございます」

駕籠屋を返し、男女は手を取り合うようにして、宿へ入ったので、仙五郎は駕籠屋をつかまえて訊いてみた。

「品川の駕籠屋でござんして、男に頼まれて目黒村まで行ったってんで、別になにも知っちゃ居りません」

それから宿屋の女主人を呼び、十手をみせて、なんとか二人が入った部屋の隣へ上げてもらった。

「ああいうところは、大方が襖一枚の仕切りでござんすから、隣で聞いていますと、そりゃもうすさまじいの、なんの……」

初老の仙五郎が、なんともいえない表情になった。

「廊下で女主人がみて居りますんで、いつまでも他人の色事に聞き耳を立てているのもなんでございまして……」

おたまに情人があったという証拠がつかめたことで目的は達したと思い、すぐに外へ出た。

「念のために、外で張っていますと、一刻ばかりで二人が出て来ました。待たせておいた駕籠に女が乗り、男のほうは急に走り出しまして、うちの若いのが追ったんですが二《に》本榎《ほんえのき》のあたりで見失ったようでして……」

仙五郎は、駕籠が目黒村の市兵衛宅の離れの近くまで行くのを見届けてから、狸穴の方月館へ来る途中、追跡にしくじった若い者と出会ったのだといった。

「おたまに間違いないのだな」

源三郎が念を押し、

「へぇ、出かける時と帰る時はお高祖頭巾《こそずきん》をかむっていましたが、あの家にいるのはおたまと赤ん坊で、通いの子守っ子は夕方、帰っちまっていますんで、間違いはございません」

「男の顔はみたのか」

と東吾。

「へぇ、きりっとした、なかなかの男前で……あっしの勘では武家奉公をしているような人間じゃねえかと思いました」

宿屋の襖のむこうからは、おたま、おたまという男の声と、それに応える女の歓喜のうめきが入りまじって、

「どうも、お役目とはいいながら、やり切れたものじゃございません」

仙五郎は汗をかいたような顔をしている。

「出来れば、男のほうをとっつかまえて、素性を詮議したかったんですが……」

「そいつは、いずれ、わかるだろう。どうも、とんだことを頼んですまなかった。とにかく、今夜は家へ帰ってゆっくり休んでくれ」

若い連中をねぎらってやってくれと、辞退する仙五郎に少々の金を包んで渡し、東吾は源三郎と部屋へ戻った。

「やはり、おたまと申す女には、情人がいたということですか」

源三郎がいい、東吾が腕を組んだ。

「怪訝《おか》しいと思わないか、源さん」

「なんです」

「おたまの家には赤ん坊しかいないんだ。どうして駕籠で迎えに来て、品川の連れ込み宿なんぞで抱き合わなけりゃならねえんだ」

「それは……市兵衛夫婦を憚《はばか》ったのではありませんか」

「年寄は宵の口から寝ちまってるだろう。第一、男がこっそり離れに忍ぶほうが、駕籠で迎えに来るより目立つまい」

「それはそうですが、色事は時折、気を変えて、ということもあるでしょう」

「女房持ちになって、源さんも博識になったもんだ」

とにかく、明日、おたまに会ってみると東吾はいい出した。

「外っ側からみているだけじゃ、どうも合点が行かないんだ」

「では、手前もお供しましょう」

その夜は枕を並べて、翌朝、二人で目黒村へ向った。

三

狸穴から坂を下って古川沿いに四ノ橋を渡り、白金一丁目へ出ると、そこから目黒不動までの一本道は、いわば参詣道で両側にはこぢんまりした町屋が続き、その裏側に大名家の下屋敷、更に周辺は広々とした百姓地になっている。

畑には麦が伸びていた。雲雀《ひばり》の声も聞えるのどかな日和《ひより》である。

市兵衛の家をのぞいてみると、子守が赤ん坊を背負って表へ出かけるところであった。

若い女が子守にあまり遠くへ行かないようにと注意をしている。

小柄で、目鼻立ちはごく平凡な印象だが、如何にも人柄のよさそうな、愛らしい女であった。着ているものも髪飾りも地味だが、若さが輝いているといった感じがする。この女が、おたまだと東吾は判断した。

子守を見送って表へ出て来たところを、東吾が声をかけた。

「あの可愛いのが、佐伯どのの若君か」

女が、はっとして体を固くした。

「なに、俺達はあやしい者ではない。八丁堀の柴田家から頼まれて、あんたの様子をみに来ただけなんだ」

おたまがうつむいた。

「奥方様には、なんとお詫びを申し上げてよいやら……、それなのに、昨日はこのような所までお出で下さいまして、おやさしく、私をいたわって頂きました」

「佐伯家の奥方……いや、柴田のお与里さんがここへ来たのか」

「はい、夕方、人目を避けるように、市兵衛小父さんが竹林のほうから案内してくれました。なにしろ、このところ家の近所をみかけない人がうろうろしているので……」

仙五郎達のことかと、東吾は内心で苦笑した。

「それで、お与里さんはなんといった」

「自分は子供の出来ない体で佐伯家を去るのは当り前のことだから、別に気を遣うことはない。若君を立派に育て旦那様や御隠居様のお世話をたのみます、と。私、もったいなくて……」

うっすらと涙ぐんでいる。

「お与里さんは、いつ、帰ったんだ」

「夜になってでございます。戌の刻頃（午後八時頃）でしたか、お迎えが参りまして……」

「深夜に又、戻って来たか」

「いえ、そんなことはございません。私は長い間の胸のしこりがとれたようで、昨夜はぐっすりとねむりました」

「そりゃあ、よかった」

市兵衛の家へ行って声をかけた。

「昨日、佐伯家の奥方が来たそうだが……」

市兵衛は不思議そうに東吾をみたが、彼の悪びれない態度に、安心したように答えた。

「目黒不動の茶店の小僧が、文をことづかって来たんでございます」

神棚にあげてあったのを出して来た。

女文字で、自分は佐伯家の者であるが、殿様のお使でここまで来たが、人目に触れたくないので、なんとかみとがめられないようにおたまの家へ案内してもらえないか、というようなことが書いてある。

「畑のほうは人目に立ちますが、竜泉寺さんの裏から竹の林の中を抜けて来るぶんには、わかりませんので、手前が迎えに参りまして、御案内申しました」

あとで、おたまから佐伯家の奥方だったときいてびっくりしたが、

「別におたまをとがめにお出でなすったのではなく、御親切にいって下さったそうで、安心いたしました」

目立ちたくないので、帰る時も見送りには出ないでくれといわれて、

「駕籠が参ったのは気がついて居りましたが、お見送りは申しませんでした」

「奥方が帰ったあと、おたまは家にいたのだろうな」

「はい、あとで婆さんが離れに参りますと、嬉し泣きに泣いていたそうで、手前どもも、

ほっと致しました」

市兵衛の家を出て、東吾は門前町へ戻って来た。

「いったい、どういうことなんですか」

ついて来た源三郎が手拭で汗を拭きながら訊いた。

「源さん、今日は歩き廻るから覚悟をしろよ」

東吾のほうは面白そうに笑っている。

「足には自信がありますが……」

行った先は品川台町であった。

仙五郎から報告のあった連れ込み宿で聞いてみると、昨夜の男女は、初めての客だったといった。

「お上のおとがめがあるわけじゃねえから安心しろ。ついでに女のほうを乗せて来た駕籠かきの名前を知らないか」

女主人の答えを聞いて、近くの立場《たてば》へ行った。幸い、金助に弥造というその駕籠かきが一仕事終えて戻って来たところであった。

品川台町から目黒村まで迎えも送りも、この二人が駕籠をかついだ。

「酒手《さかて》をはずんでくれるいいお客だと思いましたが……」

「乗せた女の顔はみたのか」

「お高祖頭巾をかむっている上に、袖で顔をかくすようにしてまして……」

「送ったのは、最初の家の前までか」

「いえ、少し手前で……。門前町の裏側んところまで来ると、ここからは歩いて行くといって駕籠を下りましたんで……」

「家へ入って行くところは、みていないのだな」

「へえ、夜更けに品川まで帰るんで、急いでいましたし……」

女の姿はあっという間に闇の中に消えてしまったといった。

「おかげで、いろいろとわかって来たよ」

心づけを握らせて、東吾は飯倉へ向った。

「昨夜の女は、おたまではなかったのですか」

源三郎があっけにとられている。

「おたまと市兵衛が口裏を合せて嘘をついているのなら別だが……どうも、俺の感じではあの二人のいったのは本当のような気がするよ」

「すると、仙五郎が目黒村から品川台町まで尾《つ》けて来たのは……」

「誰だと思う……」

「まさか……」

「組屋敷の柴田家には若党がいるだろう」

「たしか二人ばかり……」

「二人の年齢は……」

「一人は先代からで……もう一人はその悴《せがれ》だったと思います」

「仙五郎を八丁堀まで連れて行こう」

東吾の意図するところを、源三郎も気がついたようであった。

飯倉へ行き、仙五郎を伴って八丁堀へ帰って来ると、

「早速だが、源さん、柴田家の若いほうのを、外へつれ出してもらいたいんだ」

心得て、源三郎が同じ組屋敷の柴田家へ行った。間もなく背の高い、二十二、三と思える若者が源三郎と一緒に外へ出て来た。

「あいつでございます、間違いございません」

物かげで東吾と彼をみていた仙五郎が、はっきり証言した。

品川台町の連れ込み宿で、女と抱き合った相手の男であった。

東吾の合図をみて、源三郎が適当に若者を屋敷へ戻してやって来た。

「松之助というのです。親子ともども、柴田家に奉公していて、まだ、独り者だそうですが……」

仙五郎をねぎらって飯倉へ帰してから、改めて東吾に訊いた。

「万事は、お与里さんの一人芝居ということですか」

「相手は松之助だ。多分、色じかけで手伝わせたのか、主人として命令したのか」

「要するに、自分を追い出した亭主の妾を、陥れようというわけですな」

「あんな芝居で、俺達が欺されると思ったのか。八丁堀の旦那も安くふまれたもんだ」

「どうします」

「放っておくさ。野暮をいっても始まるまいよ」

子供を産めなかったばっかりに離別になった女の心情を思えば、とがめ立てするのも大人気ないという気がする。

だが、源三郎と別れて、今日こそ「かわせみ」へ行こうと豊海橋《とよみ》の袂《たもと》まで来ると、近くの船宿から女が出て来た。お与里である。東吾をみると、すり寄って来た。

「よい所でお目にかかりました。どうしてもお話ししなければならないことがございますの。申しわけございませんが、ほんの少し、私につき合って下さいまし」

咄嗟《とっさ》に、東吾はお与里が自分の一人芝居を打ちあけて詫びる気になったのかと思った。

お与里に取りすがられるようにして、船宿から猪牙《ちょき》に乗せられる。

向島のほうへ、とお与里は船頭に命じた。

まだ川風が冷たいから障子が閉めてある。

「目黒村からは、いつ、お帰りになりましたの」

お与里に問われて、東吾はそっけなく、

「今日、帰って来ました」

と答えた。それっきり、お与里はうつむいている。東吾のほうは、自分から真相を暴露するつもりはなかった。

お与里が自分の袂を弄《もてあそ》んだ。

「私、とても、つらい日を過ごして居ります」

不意に涙声でいい出した。

「弟は、私にやさしくしてくれますけれど、弟の嫁は、それが気に入らないのでございます。弟の前では猫なで声で、弟が奉行所へ出仕してしまうと、人が変ったようにひどいことを申します。出戻りだの、石女《うまずめ》だの……召使までが私を馬鹿にして……」

いきなり東吾の膝へ身を投げかけて来た。

「私、口惜しゅうございます。いっそ死んでしまいたい……」

女の手がさりげなく東吾の袴の中へすべり込んで来て、東吾はぎょっとした。ひきはなそうとするのを遮二無二、すがりついて来て、東吾の手を摑み、自分の胸へ押しあてる。

「私、おるい様が羨《うらや》ましい……」

東吾はお与里の手を逆手にとった。手加減したつもりだったが、それだけでお与里は身動きが出来なくなった。

障子のむこうの船頭に、東吾はいつもの声でいった。

「俺は下りる。近くに着けてくれ」

「へえい」

という船頭の返事があってから、東吾は荒い呼吸をしているお与里へいった。

「俺は松之助とは違うんだ」

岸へは容易に着いた。

お与里を放して、東吾は障子の外へ出る。

顔見知りの老船頭が、東吾に身を寄せて低い声でささやいた。

「若先生、本日は女難でございますね」

「そっとお送り申してくれ。他言は無用だ」

「口が固くなけりゃ、この商売はやって行けませんや」

東吾を岸へ下して、船頭がついと竿をさす。

なんのことはない、永代橋をくぐってすぐの中洲であった。

浜町河岸へ出て、東吾は八丁堀へ戻ってくる。

お与里に会ったことだけを、源三郎の耳に入れておこうと思い、彼の屋敷へ寄ると、

「良い所へ東吾さん……」

昨夜から今まで、自分が東吾と一緒だったことを女房のお千絵にいってくれという。

「いったい、どうしたんだ」

東吾の顔をみて、お千絵はもう笑っている。

「今日、お与里様がみえて、昨夜からずっと、うちの人と一緒だったってお話しになったんです」

午《ひる》すぎのことで、源三郎が帰宅する二刻ほど前だったという。

「それが、あんまり思わせぶりで、さも、なにかあったような口ぶりなので……」

「お千絵さんは信じたのか」

「いいえ、でも、ちょっとやきもちをやいてみたくなりましたの」

源三郎が赤くなってどなった。

「冗談じゃない。こっちは一日中、東吾さんとほっつき歩いて、へとへとなんだ」

どっちみち甘い夫婦喧嘩だとわかって東吾は逃げ出した。愚図愚図していれば、みせつけられるだけである。

神林家へ帰って来ると、用人がそっといった。

「昨日、かわせみから嘉助が訪ねて来ました。若先生が目黒のほうへお出かけだと申しますと、途方に暮れた様子で帰って行きました」

なにかあったのではないかといわれて、東吾はそのまま、とび出した。

考えてみると、もともと「かわせみ」へ行く途中を、お与里に邪魔されたのである。

出迎えた嘉助は、東吾の顔をみただけでほっとしていた。

「とにかく、お嬢さんのお部屋へ行ってあげて下さいまし」

いつもなら東吾の声をききつけただけで出て来るるいの姿がみえない。

居間をのぞいてみると、涙ぐんだような顔でこっちをみている。東吾は或る予感がした。

たった今、畝源三郎の家の夫婦喧嘩に立ち会ったばかりである。

長火鉢の横にすわりながら、るいの顔を眺めた。

「誰かさんも、誰かさんにでたらめを吹き込まれて角《つの》を出してるらしいな」

るいがすぐ反応した。

「誰かさんも、ですって……」

「お千絵さんがかんかんだよ。源さんがお与里さんと一緒にどこやらへ泊ったといいつけられたらしいんだ」

「畝さまも……」

「お与里は、お前になんといったんだ」

「品川で、ひと晩、一緒に過しましたって」

へへえと東吾は笑い出した。

「その相手は、松之助っていう若党だったんだぞ」

一部始終を喋りまくると、るいは涙のたまった目を丸くした。

「あのお方がそんなことを……」

「ここへ来て、そんなでたらめをいうと知ったら、同情なんかしてやるんじゃなかった」

「嘘だったんですね、あの人の」

「本気にしたのか」

「信じませんでしたけど……あの人は色っぽいから……」

「俺には誰かさんのほうがよっぽど色っぽいと思うよ」

お与里に挑発されたあとだったので、東吾もつい前後を忘れた。男の意志を敏感に察して、るいはされるままになっている。

濃厚な一夜を過して、翌朝るいが鏡台にむかっている間に、東吾は庭に出た。

今日はまぶしいような初夏の陽が大川にさしている。

朝陽を浴びて庭を歩いて、東吾は小さな池の前で足を止めた。

みずすましが水面をぐるぐる回っている。水面にはその都度、小さな輪が広がるが、すぐに消えた。

なんとなく、お与里が浮び、東吾は苦笑した。あの女のしていることは、みずすましと同じようなものではないかと思う。

るいが縁側から東吾を呼び、東吾は明るい声で告げた。

「おい、池にみずすましがいるぞ」

その月の終りに、東吾は源三郎から、お与里が松之助とかけおちをしたという知らせを聞いた。

「柴田家では、ひたかくしにしていますが、組屋敷の者はみんな知っています」

瓢箪《ひょうたん》から駒が出たということなのだろうかと、東吾は思った。

自分の離別の原因になった女を陥れるためのかりそめの色事の相手と、いつか本気になって家出をしたお与里という女が哀れでもあった。

舟の中で抱きつかれた時の感触がふと甦《よみがえ》って、東吾は、ばたばたと着物の裾をはたいた。

源三郎が不思議そうに東吾をみている。

天下祭《てんかまつり》の夜《よる》

一

その時、るいは帳場の脇にいた。

上州の桐生から到着したばかりの四人の客が上りかまちで草鞋《わらじ》の紐をとき、すすぎの水をもらって居り、その中の一番、年の若い男が足を洗い終えて、くるりとるいのほうへ向いたとたん、あっという顔をしたものである。

最初、るいはその男が自分に対して驚いた表情をしたものかと思ったのだが、すぐ、それは自分にではなく、るいの後方にいる誰かをみてのものだと気がついた。

で、さりげなく、後をふりむいてみたのだが、目に入ったのは、たまたま風呂場へ行くらしい若夫婦と、お吉を相手に明後日にひかえた山王祭の話をしている佐倉からの泊り客ぐらいのものであった。

「おい、政吉、行くぞ」

という声で、るいが視線を戻すと、先刻の若い男が伴《つ》れに呼ばれて二階へ続く階段へ歩き出すところであった。

あの男の名が政吉というのかと、るいは見送った。がっしりした体つきに似合わず優しい顔立ちをしている。年の頃は二十五、六でもあろうか。

それにしても、政吉はいったい、誰をみてあんなにも顔色を変えたのだろうかと思う。それほど、政吉という男の驚き方が激しかった。

「お嬢さん」

帳場から嘉助が宿帳を手にして立って来た。

「只今、お着きの御一行様がお二階の梅の間で、本日はもう空いたお部屋は一つもございませんので、左様、御承知おき下さいまし」

うなずいてるいは訊《き》いた。

「今の方々は、たしか上州の……」

「桐生の丸屋さんと申しまして、上州絹を扱う御商売だとか、日本橋の大黒屋さんの御紹介でございます」

それがなにか、といいたげな嘉助に首をふったるいの目が暖簾《のれん》を入って来た東吾を捕えて、ぱっと輝いた。

「こりゃあ若先生……」

いそいそと嘉助が土間へ出る。

「馬鹿にいそがしそうじゃないか」

るいのあとから居間へ通って、東吾がいった。

「いつも、今頃はそうなんです。御商売をかねて、天下祭を見物しようとおっしゃるお客様で馬喰町の旅籠《はたご》はどこも一杯になるんですよ」

大川端の小さな「かわせみ」のような宿まで、あちこちから客を紹介して寄こす。

「そうか、今日は六月の……」

「のんきな方。十三日ですよ」

六月十五日が山王日枝神社の祭礼であった。

江戸の二大祭といえば山王祭と神田祭で、江戸城の堀をめぐって日本橋へ流れる川の西南が山王権現、東北が神田明神の氏子ということになっていた。

とりわけ、山王祭は山王日枝神社が江戸城の氏神である、つまり、徳川家康が江戸城に入城した時、すでに城内にあったのが山王社で、公方《くぼう》様の産土神《うぶすながみ》というところから江戸を代表する天下祭と称された。

例年、神輿《みこし》の行列が城内を通り、それについて各町内の屋台や山車《だし》が華やかに趣向をこらして続くのを将軍は吹上の上覧所で見物され、一般は表町に桟敷をしつらえて拝見するという、まことに盛大なものだったから、江戸の町民だけではなく、近在からの祭見物の客が押しかけて大層な人出になった。

「そういえば、源さんがこぼしていたよ。祭の前後は警備がいそがしくて、ろくすっぽ屋敷へ帰れないとさ」

祭に喧嘩はつきものだし、人出をねらって掏摸《すり》やひったくりが横行する。迷子だ、怪我人だ、落し物だと、番屋はどこも火がついたようなさわぎであった。

「お祭もよござんすけど、年番に当った町内では、寄附を集めるのに皆さん、苦心なすったそうでございます」

枝豆と胡麻豆腐の肴《さかな》に酒を添えて、お吉が威勢よく入って来た。

「若先生は御存じないかも知れませんけど、年々、ものが高くなる一方で、お祭の費用にしたって、お上からお下げ渡し下さるものじゃとても足りませんから、どうしたって町内の懐を痛めないことには、ろくな屋台も出来ませんって……」

「この辺は年番なのか」

「来年だそうですけど、世話役さんは今から心配してなさいますよ」

「驚いたな」

東吾が盃を取り、るいが酌をした。

「今も、お客様からうかがったんですけど、真岡《もおか》木綿が大層な人気で、染めを凝ったり、縫いをしたりして、一反二両もするのが、とぶように売れちまうんですと……」

祭の寄附に苦労する一方で、そんな贅沢をする連中もいると、お吉はいささか不満顔であった。

「だって、一両あればお米が一石買えるというのに、たかが木綿物の着物に二両だなんて、お天道様の罰が当りませんか」

「しかし、呉服屋はこたえられないだろう」

東吾が笑った。

「女って奴は人気と着るものに滅法弱いんだ。欲しいとなったら、食うものも食わなくたって呉服屋へ突っ走るんだ」

「呉服屋さんは景気がいいそうですよ」

お吉が口をとがらせた。

「今日あたりの、うちのお客様をみたってわかります。みんな日本橋あたりの大きな呉服屋へ品物をおさめている人か、そこから品物を買って売りさばいている田舎の小売店の人なんかで、御招待されて天下祭を見物に出て来ている人ばっかりですよ」

「かわせみ」に泊っている客にも、そういったのが少くないといった。

「桐の間にお泊りの羽島屋さん御夫婦なんか、江戸へ出て来なすった日から、日本橋の布袋《ほてい》屋さんがつきっきりで、やれ芝居見物だ、名所の御案内だって、そりゃあ大変なものですよ」

「布袋屋というと、呉服問屋では大店《おおだな》のほうだな」

白木屋、越後屋とまではいかないが、日本橋では屈指の老舗《しにせ》である。

「ええ、その布袋屋さんが奉公人まかせではなく、若旦那自ら、御接待をなすっているんです」

わざわざ「かわせみ」まで駕籠で迎えに来たこともあるという。

「羽島屋ってのは、なんなんだ」

布袋屋から接待を受けているほうである。

「足利のほうで手広く御商売をやっていなさるんだそうですよ。呉服物はもっぱら布袋屋さんから仕入れていて、一年に何千両っていう売り上げなんですって」

「それじゃ布袋屋がもてなす筈だ」

「お内儀《かみ》さんは江戸がはじめてなんです。まだ若くて田舎育ちにしてはきれいな人ですけど……」

ひとしきりお喋りをしてお吉が出て行き、東吾はるいのお酌で、のんびりと飲んでいた。

陽が落ちたばかりで、庭の青葉若葉に薄く川霧がただよっている。

るいの居間はすっかり障子が簾戸《すど》に代っていて、縁側には蚊やりが白く煙を立ち上らせていた。

「夏だな」

ぽつんと呟いて、東吾がるいをみた。

「かわせみをやめるとしたら、えらいことなんだろうな」

顔を上げたるいに苦笑した。

「兄上が、来年早々に祝言を挙げてはどうかとおっしゃったんだ」

るいは声が出なくなった。胸の奥が俄《にわ》かに早鐘をついたようになる。

「お奉行が、来年から見習として俺を出仕させるよう、内々のお沙汰があったそうでね」

暫《しばら》くは、兄の通之進と共に奉行所に出勤して、何年か後に折をみて、兄が隠居願いを出し、弟が神林の家督を継ぐ。

町奉行所に属している与力や同心が、みな、そのようにして役目を継続するのが長年のしきたりであった。

「兄上様が、かわせみをやめるようにと仰せになったのでしょうか」

かすれた声で、るいが訊いた。

「いや、兄上はなにもおっしゃらないが、俺が見習にせよ、奉行所へ出仕するようになったら、その女房が宿屋稼業をやっているのはまずいのではないかと、麻生の義父上《ちちうえ》が義姉上《あねうえ》に申されたそうだ」

旗本、麻生源右衛門《げんえもん》は通之進の妻、香苗の父に当る。

「兄上は土地を探して居られるらしいんだ。来年中には屋敷を建て、俺に家督をゆずったら、義姉上ともども、そちらで暮されるお気持のようなんだ」

兄夫婦の話しているのを小耳にはさんだ、といった。

「兄上にしてみれば、漸《ようや》く、好きな学問に没頭することが出来るというのだろうな」

若年にして神林家を継ぎ、吟味方与力の重責を荷《にな》って来た兄であった。

「嘉助もお吉も、そっくり神林の屋敷へ移って来てもらいたい。そのことは兄上にも申し上げてある。兄上もそうするようにとおっしゃった」

ぼんやり庭をみつめているるいへ気づかわしげな目をむけた。

「るいは、かわせみを閉めたくないか」

るいが静かにかぶりを振った。

「私が、東吾様の仰せにそむくとお思いになりますの」

「かわせみは俺も好きなんだ。ここには思い出がありすぎる。なくしてしまうのは惜しい気がする」

「来年までに考えましょう。どなたか、いい智恵を貸して下さるかも……」

「そうだな」

東吾が手をのばして、るいをひき寄せた。

「長いこと、日蔭者にしていた。許してくれ」

「そのような……」

厚い胸に顔を伏せて、るいは涙ぐんだ。

「私は……幸せでございました」

「今に、もっと幸せにしてやる」

年下の亭主は、少年の日に何度か、るいに向って宣言した言葉を改めて口にした。

「俺は、るいを生涯、幸せにするんだ」

お吉が御膳を運んで来るまで、二人はひっそりと体を寄せ合ったまま、身動きをしなかった。

あたたかな、椎の花の甘い匂いのする、穏やかな宵であった。

二

翌朝、といっても、まだ夜があけ切らない中《うち》に、るいは起きて髪を洗った。昨夜の東吾は、いつにも増して情熱的で、そうでもしないことには、到底、人の目に触れられないほど髱《たぼ》が落ちてしまったからである。

内湯の風呂場で、洗い上った髪を丹念に拭いていると、窓の外に物音がした。耳をすますと女の喘ぎ声が聞える。

そっと立ち上って、るいは外をのぞいてみた。まだ、暗いが四辺からほの白くなって来ていて、その僅かな薄明りの中に男女の姿がぼんやりとみえた。

風呂場の外の、薪を積んである小屋の羽目板に寄りかかるような不自然な恰好であったが、二人がなにをしているのかは体の動きと時折、洩れる声で見当がつく。

最初、るいは「かわせみ」の奉公人の誰かかと思った。が、どうも違うようである。

そこは裏庭であったが「かわせみ」の塀の内である。容易に外から人が入って来られる所ではない。奉公人でないとすると、泊り客かも知れない。

なんのために、泊り客が夜あけ前のこんな時刻に、外で、とるいが考えた時、男のほうの顔がみえた。

政吉という、桐生から来た男であった。

るいは、音を立てないように風呂場を出て廊下を横切った。そっちのほうが客用の風呂場であった。風呂場の先に雪隠《せっちん》があり、その廊下の突き当りには裏庭へ抜けられる戸口がある。

案の定、戸の桟が開けてあった。

政吉と、もう一人の女はここから裏庭へ出たに違いない。

るいの目の前で、その戸が開いた。

不意だったので、声を上げそうになり、るいは口を押えた。入って来たのは嘉助であった。

「お嬢さん……」

嘉助のほうは驚いていなかった。

「内湯のほうで灯がみえましたんで、きっとお嬢さんがお起きなすったんじゃねえかと思っていました」

「変な物音がしたので、外をみたんです。あの人達、いったい……」

嘉助が、なんともいえない表情になった。

「お二人とも、ここにお泊りのお客様なんで……どうにもこうにも、あきれてものもいえません」

帳場の奥に寝ていた嘉助は、物音で目をさましたという。

「男が風呂場のほうへ行きますんで、こんな早くに怪訝《おか》しいと思って様子をみて居りますと、女のほうがやって来まして、二人でこの戸を開けて外へ出て行きました」

泥棒の手引きでもするのかと、嘉助はすぐに二人のあとから外へ出てみたのだが、どうもそうではない。

「二人が話し合っている近くに忍んでいたんですが、その中に可笑《おか》しなことになっちまいまして、目のやり場に困りました」

年の功で笑っている。

「その中に、どうもお嬢さんが気づかれたようなので、こっちへ戻って来ました」

いいかけて、るいをそっと押した。

風呂場の脇の暗がりに、るいと嘉助が息をひそめていると、戸が開いて女が先に入って来た。

乱れた浴衣の胸をかき合せるようにして奥の客部屋のほうへ行く。あとの男はそれを見送ってから戸口の桟を下し、二階への階段を上って行った。

その足音が消えてから、るいは嘉助と帳場へ出た。

「男のほうは桐生から来ている丸屋さんの御一行の中の一人で、たしか政吉と申しました。女のほうは足利の羽島屋さんのお内儀さんだと思いますが……」

なにか事情があるのだろうと、嘉助はるいにいった。

「どっちみち、もう夜があけます。手前は起きて居りますから、お嬢さんは御心配なく」

るいが居間へ戻って来ると、東吾が起きていた。

「なにかあったのか」

蚊帳の中へ入って来たるいに訊いた。

「髪を洗っていたのですけれど……」

一部始終をいいつけると、東吾が笑った。

「近頃の女はおっかねえな、亭主と一つ宿に泊っていて、他の男と色事をするなんぞ、いい度胸じゃないか」

「前からの知り合いでしょうか。あたし、昨日、政吉って人がここへ着いた時、思いがけない人をみたって顔をしたのを知っているんです」

今にして思うと、あの時、るいの後を通って行ったのは、羽島屋の夫婦だったに違いない。

東吾が右手で、まだしめり気のあるるいの髪を愛撫しながら、左手で締めたばかりのしごきをほどいた。

「いけません。もう、夜があけます」

だが、るいはすぐ目を閉じた。雨戸の外の雀の声もやがて聞えなくなる。

大川に朝陽がさして来た。

三

六月十四日は、宵祭であった。

町内の山車は蔵からひき出され、屋台は飾りつけが済んで神酒《みき》所の前に勢揃いしている。

すでに町中が祭気分であった。

表通りの大店では唐紙をはずして屏風《びょうぶ》を飾り、桟敷には赤毛氈《もうせん》を敷き、客に振舞う赤飯やひやそうめんの準備が出来ている。酒は夜になるまで出さないようになっているが、実際には祭半纏《まつりばんてん》を着た者で赤い顔をしていないものはなかった。

踊り屋台では賑やかに囃子《はやし》が始まっているし、若い娘の手踊りを見物する人が道にあふれている。

長助は、畝源三郎に従って本町通りを巡回していた。

「どうも、年々、人出が多くなるようだな」

混雑の中で源三郎がいい、長助が額の汗を拭いた。

「やっぱり、田舎から祭見物にやって来る連中が増えてるようでございますね」

江戸の近在はもとより、上州、武州、時には甲州や安房《あわ》上総《かずさ》のほうからも天下祭めあてに江戸へ出て来る。それだけ、江戸への交通が盛んになって来たこともあるし、地方に活気があるということかも知れなかった。

たしかに、こうやって町を歩いていても、田舎者が目立つ、と長助は思った。

馴れない江戸の町で、それも天下祭の人ごみに仰天して、ぼんやり突っ立っているのは大方、昨日今日、田舎から出て来た連中と決っていた。

口をあけて踊り屋台をみているのもいるし、きょろきょろと落ちつかない様子で人にぶつかってばかりいるのも多い。

どっちにしても、掏摸のいい鴨《かも》にされるだろうし、親切ごかしに悪いものを売りつけられたり、脅かされて金を取られたりしたあげく、泣きべそをかいて番屋へかけ込んで来る者が、祭の間中あとを絶たない。

生き馬の目を抜くというお江戸に出て来ているのだから、ちったあ気をつけりゃいいものを、と長助は内心、舌打ちしながらあたりを睨みつけて歩いていた。

すると、

「長助親分、御苦労さんでございやす」

粋にたたんで髷《まげ》にのせていた手拭を取って挨拶した者がいる。

藍微塵《あいみじん》の裾っぱしょりに祭半纏、盲縞の股引《ももひき》という恰好の番附売りで、ちょっとみたところはなかなかの男前だが、目にいやなものがある。

「手前《てめえ》、いつ、江戸へまい戻って来たんだ」

長助が不快そうにいい、男は二、三遍、大仰に頭を下げた。

「勘弁して下さいよ、親分、こうやって堅気に、番附売ってるんですから……」

畝源三郎が立ち止ってふりむいているので、長助は男の傍を離れて走って行った。

「なんだ」

と源三郎が訊き、長助が男のほうを眺めた。

男は、道ばたに立って、

「御祭礼、お祭番附」

と呼売りをしている。なかなかの美声であった。

「金助っていいまして、女をたらしこむのがうまくて、随分泣かされた女がいるようですが、何分、そういったのは、お上に訴えて参りませんので、こちとらはどうしようもありません。一、二年前に、あいつの手ごめにあったって女が井戸に身を投げましたて……当人もやばいと思ったのか江戸から姿をくらましていたんですが、また、戻ってきたようで……まず、ろくなことはしでかさねえと思います」

長助が舌打ちした。

どこの町内にも一人や二人はいる小悪党で、女を欺して金を貢がせて食っている。口がうまくて、みかけがいいので、女をひっかけるのはお手のもので、一度、体の関係が出来ると女のほうがのぼせ上って、家から金を持ち出したり、かけおちをせがんだりしたあげく、結局は捨てられたり、売りとばされたりする。親のほうも娘の恥を世間へ知らせまいと、いいなりに金を出し、娘を取り戻しても、お上に訴えることはしないから、どうもあいつが又、なにかやったようだと噂を聞くばかりで、証拠がつかめない。

「ああやって祭番附なんぞを売りながら女を物色してるんだろうと思うと腹が立ちます」

そういわれて、畝源三郎も金助のほうをふりむいたが、祭の雑踏にまぎれたのか、番附売りの姿はみえなくなっていた。

祭の番附というのは、祭礼当日、神輿に従って行列する各町の山車や屋台の趣向を書き出したもので、見物の手引のようなものであった。

江戸橋の近くまで来て、長助が嬉しそうに呼んだ。

「若先生でございますよ、畝の旦那……」

東吾のほうも源三郎と長助に気づいて立ち止っていた。

「表町の様子はどうだ」

源三郎が近づくのを待って東吾が訊いた。

「天気がよかったせいか、大層な人出でした」

「この分だと、明日も上天気だろう」

「降らないでくれると助かりますな」

東吾さんはどちらへ行かれたんですか、と源三郎に訊かれて、東吾が頭に手をやった。

「一石橋の万屋の隠居が、祭の祝物を届けに来てくれたんだ。足が悪いようなので、そこまで送っての帰りさ」

実をいうと、「かわせみ」から戻って来ると万屋の隠居が帰るところであった。東吾にしてみれば、兄嫁の手前、ちょうどいい照れかくしでもあったのだ。

奉行所へ帰る源三郎と別れて、東吾が八丁堀の屋敷へ戻ると、本所から七重《ななえ》が来ていた。

「日本橋の布袋屋から明日のお祭見物の桟敷へ招待が参りましたの。私はもう何度もみて居りますし、お姉様は人ごみはお嫌いだし、それで、東吾様におるい様をおつれになったらと思っておさそいに来ました」

娘の時と同じような調子でいい、香苗と顔を見合せて笑っている。

東吾は照れた。

「そんなことをして、兄上にみつかったら叱られるのは手前ですからね」

「兄上様はお叱りになりませんわ。この前本所へおみえになった時、ちょっとお話し申しましたら、それは、おるい様が喜ばれるだろうとおっしゃって……」

「本当ですか」

香苗が傍から微笑した。

「本当ですから安心してお出かけなさいませ。布袋屋のほうには、七重から、ちゃんと申してあるそうですから……」

通之進は明日の祭が終るまで御城内から下って来ない。

「るいは行かれますかね。かわせみは客で一杯なのですよ」

なんとなく、東吾はそんなことをいってみたが、香苗も七重も相手にならない。

やむなくといった恰好で、東吾は大川端へ行き、るいに祭見物の話をした。

「そんな……よろしいのでしょうか、そのような晴れがましいところへ……」

るいはためらったが、お吉も嘉助も我がことのように大喜びで、衣裳はなにがよいか、布袋屋への手土産はと夢中になっている。

なんとなく、いじらしい気持で、東吾は帳場の脇の小部屋にすわっていた。

そこへ、駕籠がついて客が戻って来た。若い女で、送って来た若い男をみて、嘉助が慌てて声をかけた。

「失礼でございますが、布袋屋の若旦那で……」

男が如才なく頭を下げる。

「手前は布袋屋忠右衛門の倅《せがれ》の忠太郎でございます」

「ちょうどよろしゅうございました。若先生、こちらが布袋屋さんで……」

嘉助にうながされた恰好で、東吾は忠太郎に近づいて、本所の麻生家から祭見物の招待が自分達へ廻って来たことを話しかけると、

「それでは神林様の若様でいらっしゃいますか、そのことでございましたら承って居ります。むさくるしい所でございますが、是非共お出かけ下さいまし。親父どもども、御待ち申して居ります」

丁重な挨拶であった。

奥から、るいも出て来て礼を述べ、忠太郎は、それにも感じのよい受け答えをして帰って行った。続いて東吾も明日の打ち合せをして「かわせみ」を出る。

暖簾まで見送ったるいは背後に大きな嘆息をきいてふり返った。

今しがた、布袋屋忠太郎に送られて帰って来た羽島屋の女房およねである。

「あたしも明日、布袋屋さんで祭見物をするんですよ」

親しげに声をかけて来た。

「お江戸って、なんていいところなんでしょう。もう、田舎へ帰るのがいやになりました」

るいは微笑したまま、相手を眺めた。

まだ若い。十八、九だろうか。丸ぽちゃの愛くるしい容貌だが、化粧が濃かった。

「足利になんぞ生まれるんじゃなかった。江戸に生まれればよかった」

無邪気な調子であった。

「でも……」

仕方なく、るいが応じた。

「足利もよいところでございましょう」

「田舎です。本当に田舎。男の人だって江戸のほうがずっといい。足利で嫁入りして損をしました」

「そんなことをおっしゃると、御主人様ががっかりなさいますよ」

「あんな人、どうでもいいんです」

「御主人様は、どちらに……」

「まだ布袋屋さんにいます。買いつけの品物をえらんでいるんです」

「お先にお帰りになったんですか」

「忠太郎さんが送って下さるっていったので……」

それが嬉しそうであった。

「明日の仕度をしなければ……」

思いついたように自分の部屋へ去った。

嘉助がそっとるいの傍へ来た。

「どういうお人でございますかね」

それは、るいも同感であった。

今の若々しい女房が、今朝方、裏庭で桐生の男と抱き合っていた女と同一人物とはどうにも信じられない気がする。

「本当に、あの人かしら」

嘉助が重くうなずいた。

「間違いはございません」

「政吉さんという人は……」

「まだお帰りじゃございません。丸屋の皆さんと御一緒で……」

してみると、政吉と媾曳《あいびき》をするために早く帰って来たのでもなさそうであった。

「五日前に足利からお着きになった時は、初々しいお嫁さんという感じでしたが、二、三日する中に化粧は濃くなる、髪の結い方も変って来て……」

嘉助は若い女の急な変化を驚いて眺めていたらしい。

「そこへもって来て、今朝の出来事ですから、びっくり致しました」

今朝、桐生の一行が出かけて行く前に、主人である丸屋清左衛門にそれとなく訊いてみると、

「政吉さんというのは足利の生まれだそうで、清左衛門さんの甥《おい》に当るそうです。今から二年ほど前に、桐生へ移って丸屋で働くようになったとか」

丸屋というのは上州絹の買いつけをする店で、白木屋と商売をしているとのことであった。

「今度の祭見物も白木屋さんの招待だそうでして……」

政吉が足利の生まれだとすると、およねとは幼なじみかも知れないとるいは思った。

およねの部屋へ茶を運んで行った女中が戻って来た。

「羽島屋さんのお内儀さんが、明日、祭見物に出かける前に髪結いを頼んで下さいって御註文でした」

およねは目一杯、お洒落をして祭見物を楽しむつもりでいるらしい。

四

六月十五日、未明に神輿の行列は山下門を入った。御城内を抜け、一周して竹橋門を経て大手前から常盤橋へ出る。

るいは東吾と共に布袋屋の桟敷へ招かれて充分すぎる接待を受けながら、祭見物をした。

布袋屋は主人の忠右衛門、悴の忠太郎が先に立ち、番頭、手代が総出で客の御機嫌をとり結んでいたが、その客の中に羽島屋夫婦もいるのを、るいはみないふりでちゃんとみていた。

もっとも、羽島屋夫婦は客の中でかなり目立ったのでもあった。

「どうも驚いたものだな」

結構な料理の膳を前にして、あまり酒を飲まず、東吾がそっとるいにささやいた。

「どこの田舎から出て来たんだか知らないが、ああ、あけっぴろげに布袋屋の悴を追い廻すってのは、亭主の立場がないじゃないか」

東吾も気がついていたのだと、るいは可笑しくなった。

「あちら、うちのお泊り客なんですよ。足利の羽島屋さんとおっしゃって……」

「夫婦だろう」

「ええ、御主人は弥三郎さん、お内儀さんはおよねさんとおっしゃるんです」

「とんだ女房だな」

面白そうな東吾の口調に、つい、るいはいった。

「昨日の夜明けのこと、おぼえていらっしゃるでしょう」

「るいが髪を洗いに行った時のことか」

「あの時……外で……ほら……」

るいが思った通り、東吾はあっけにとられた顔になった。

「なんだと……」

「そんな大きな声を出さないで……」

「じゃあ、亭主と泊っていながら、外で色事してたって女か」

「しっ、聞えますよ」

だが、辺りは祭囃子が賑やかで、誰も東吾とるいの内緒話に耳を傾ける者はいない。

「驚いたな」

改めて、東吾がおよねへ視線を向けた。

忠太郎を呼びとめて、しきりになにか話しかけている。

「相手はあの若旦那じゃないんだろう」

「違います。うちへお泊りのお客様……」

「しかし、あいつ、ここの若旦那に首ったけって恰好だぞ」

それは誰の目にも明らかであった。

なにかというと、およねは忠太郎を呼び、自分からも忠太郎のいる所へ寄って行く。

「亭主は気がついているのかな」

みたところ、羽島屋弥三郎は酔っぱらってうたた寝をしているようであった。

「とても、まともに目を開けちゃいられまい」

東吾は悪態をついたが、布袋屋のほうもおよねの態度にみかねたのか、主人の忠右衛門が悴を呼び、忠太郎はそれをしおに、別の桟敷のほうへ行ってしまった。

「ま、当然の配慮だな」

東吾が呟いた時、表が賑やかになり、今日の一番人気といわれた鞍馬山の練物が牛若丸と天狗十三人を中心にわあっと乗り込んで来た。

祭が終ったのは夜であった。

東吾はるいを送って八丁堀へ帰り、「かわせみ」は次々と戻って来る客を迎えて夜遅くまでさわがしかった。

お吉がちょっと青い顔をしてるいの部屋へやって来たのは子《ね》の刻すぎ（午前零時頃）である。

「羽島屋さんのお内儀さんが、まだ、お帰りにならないんですけれど……」

およねだと気がついて、るいはあまり心配しなかった。

「番頭さんは、なんといってるの」

「御主人や布袋屋さんの方々と豊海橋のほうまで探しに行ってます」

だが、夜明け近くまでかかっても、およねはみつからなかった。

朝になって、知らせを受けた畝源三郎が東吾に声をかけてやって来た。

羽島屋の主人、弥三郎はおよねが布袋屋の桟敷をいつ出て行ったかも知らなかった。

「お恥かしいことですが、すっかり酔って寝てしまいまして……」

目がさめたのはもう夜で、布袋屋からは、

「お内儀さんは先にお戻りになったようでございます」

といわれ、慌てて「かわせみ」へ帰って来たが、およねは戻っていなかった。

「羽島屋さんが手前共へ来られてお内儀さんがお宿へ帰っていないとおっしゃいますので、びっくり致しまして、すぐ町内の頭《かしら》や店の者に声をかけまして……」

と話すのは布袋屋忠右衛門で、祭見物の桟敷から大川端の道筋をくまなく探し廻ったという。

「およねが桟敷を出て帰ったのは、いつ頃だったんだ」

それは、東吾もるいも気がつかなかった。

いつまでも、一人の女に注目していたわけではない。

「それが……多分、鞍馬山の練物が通りすぎてからではないかと存じます」

答えたのは布袋屋の番頭で、

「およねさんが若旦那に用があるとおっしゃるので、手前が呼んで参りますと申しまして……しばらくして、およねさんのお出でなさる席へ参りますと、御主人はよくおやすみでしたが、およねさんの姿はございませんでした」

大体、布袋屋に手伝いに来ていた者も奉公人たちも、そのあたりからおよねの姿をみていないという。

「若旦那は、どうしたんだ」

東吾が訊き、忠太郎が当惑そうに答えた。

「手前は……親父様からあまり羽島屋さんのお内儀さんにつきっきりではいけないといわれまして、別の桟敷に参りました」

それっきり、およねの席へは行かなかったという。

「番頭も、そのことは承知して居りまして……」

布袋屋の人々の話からすると、およねは鞍馬山の練物が来た前後に、席を立って、それっきり桟敷には戻らなかったということになる。時刻からいうと、ぼつぼつ日の暮れる頃であった。

江戸の町に不馴れな女のことで、どこかとんでもない方角へ行ってしまったとも考えられるが、どう迷ったところで、夜があければ人に訊くことも出来るし、駕籠で送ってもらう方法もある。

それが午《ひる》近くなっても戻らないというのは当人の身になにかあったと考えるのが普通であった。

祭の夜は無礼講であった。

酔いにまかせて、なにをするかわからない連中が、およねをどこかにひっぱり込んだということもあろう。それでも無事なら当人は「かわせみ」に帰って来る。

午後になって入った知らせは最悪であった。

神田川につながれていた川舟の中で死体となっていたおよねが発見されたものである。

およねは扼殺されていた。

死顔はすさまじい。

「そういってはなんでございますが、いろいろとあった人のようで……」

嘉助が、まず十四日の早朝、裏庭で目撃した件を告げ、政吉が源三郎の取り調べを受けた。

「およねさんとは足利で……幼なじみでございました」

蒼白になって政吉が申し立てた。

「夫婦になる約束で……。ですが、およねさんは羽島屋との縁談が起ると、さっさと嫁にいっちまって……俺は足利にいられなくて、伯父をたよって桐生へ行ったんです」

二年ぶりに「かわせみ」でめぐり合って、

「廊下で声をかけたんです。およねさんが夜明け前に風呂場の所で待っていてくれといいますんで、その通りにしました」

話声が帳場に寝ている嘉助に聞えるといけないと思い、外に出て、

「怨みつらみをいっている中に、つい……」

政吉は真っ赤になってうつむいてしまったが、

「およねとよりを戻す気だったのか」

源三郎が訊くと、かぶりをふった。

「そんな気持はありません。部屋へ戻ってとんでもないことをしたと……なにしろ人のお内儀さんですから……二度と会うまいと決心していました」

十四日は、商用で丸屋の三人と共に白木屋へ行き、

「夜はみんなと吉原へ行きました」

十五日は白木屋の招待で祭見物をして、夜更けてから「かわせみ」へ戻ったという。

政吉の申し立てに対しては、丸屋清左衛門が保証した。

「十四日の夜明けに部屋を抜け出したのは存じませんでしたが、あとはずっと一緒でございました。政吉には秋に夫婦になる娘も決って居りますし、羽島屋のお内儀さんのことはどうぞ間違いとしてお見逃し下さいまし」

という。

「東吾さんはどう思いますか」

るいの居間へひきあげて来て、源三郎が訊いた。

「政吉はおよねを怨んでいたでしょう。自分を裏切って羽島屋へ嫁入りした。そのために政吉は生まれ故郷を捨てることになったのですから……」

十四日の夜明けにおよねとよりを戻して、

ませんか」

「政吉は、およねが羽島屋と別れて自分の許へ戻ってくれるものと期待したのではありませんか」

東吾がゆるく否定した。

「しかし、およねは布袋屋の忠太郎に夢中だったよ。俺達がみる限り、およねの眼中に政吉はなかったと思う」

「それを知って、殺したというのは……」

十五日の祭見物の最中に、政吉がおよねと会い、くどいたが承知しないので、かっとなって首をしめたのではないかと源三郎はいう。

「出来ねえことはないだろうが、政吉が神田川の川舟の中におよねをひっぱり込んだというのがすっきりしないな」

桐生から江戸へ出て来たばかりの男が、そんな場所を思いつくかどうか。

「たまたま、神田川の近くへおよねをつれて行ったということはありませんか」

舟をみつけて、その中で話をしようとした。

「殺しますかね、政吉さんが……」

いい出したのは、お吉で、

「政吉さんがいってたじゃありませんか。相手は人の女房だって……。今更、殺す気なら二年前にふられた時にやってますよ」

「弥三郎はどうでしょうか」

嘉助がいった。

「自分の女房が昔の男と忍び会っているのを、もし、弥三郎が知ったら……。それに、およねさんは御亭主の前でも平気で布袋屋の若旦那にべたべたしていたそうですし……」

「しかし、弥三郎は布袋屋の桟敷で寝ていたんだろう」

「あらかじめ、およねさんにどこかで待っているようにいい含めたんじゃありませんか、そうでないとしたら、およねさんが桟敷を出て、勝手にあっちこっち遊び歩いて、たまたま、こっちへ帰って来る途中、探しに出た弥三郎と出会って、そこでってことは……」

「無理ですよ、番頭さん」

るいがいった。

「豊海橋とか、そこの亀島川なんぞでおよねさんが殺されていたのならとにかく、神田川じゃ、まるっきり方角違いですもの」

弥三郎にせよ、政吉にせよ、およねを殺す動機がないことはないが、格別、証拠もなかった。

そして、およね殺しの下手人は思いがけないところから挙がった。

神田連雀町の質屋から、町役人に届けがあったものである。

無宿人の金助が、身分不相応な女物の髪飾りを質入れに来たので調べてもらいたいというので、町役人が蒔絵《まきえ》の櫛《くし》の出所を洗ってみると、細工師の名前から扱っているのは日本橋の相模屋という小間物屋とわかった。

相模屋に櫛が持ち込まれ、その買い手が布袋屋忠太郎だと判明した。

「およねさんにたのまれまして、手前が相模屋へ一緒に参りまして見立てたものでございます。およねさんは祭の当日、この櫛を挿して居りました」

忠太郎の証言で、金助が挙げられた。

続いて、布袋屋の桟敷のすぐ隣で祭見物をしていた本石町吉野屋の番頭が、およねらしい女が、番附売りから声をかけられているのをみたと申し出て来た。

金助は祭の当日、番附売りをして表町を歩いていたことも、証言された。

畝源三郎の取調べに対して、最初、頑強に口を割らなかった金助だったが、櫛を証拠につきつけられて遂に白状した。

「殺すつもりはなかったんで……。ただみるからに田舎から出て来た女で、けっこういいものを身につけている。声をかけると素直について来たんで、こりゃあものになると思ったんです」

面白い屋台の所へ案内してやるといって神田川のほうまで来て、祭の振舞酒を飲んだりしていい気分だったと金助はいった。

「女がしきりに江戸の男はいいというんで、もっといい思いをさせてやると舟の中へひっぱり込んで、その気になったら急にあばれ出すんで、静かにさせようと首をしめたら、それっきりになっちまって……」

弥三郎と政吉の容疑は晴れて、各々に足利と桐生へ帰った。

およねの遺骸は弥三郎がひき取らないというので、成り行きで布袋屋が葬式を出した。

「どうも、天下祭へ御招待なんぞしなかったら、こんなことにもなりますまいに……。いやな気分でございます」

布袋屋忠右衛門が愚痴をいい、人々は布袋屋にとって、とんだ天下祭だったと同情した。

そして、江戸は青葉に夏の陽がぎらぎらと照りつける日が続いていた。

目黒川《めぐろがわ》の蛍《ほたる》

一

七月十八日は、畝源三郎の息子、源太郎の初誕生の日であった。

「この一年、源太郎が健やかに過せましたのは、皆様のおかげでございます」

ごく内輪で祝いをしたいからと、招きを受けて、神林東吾にるい、麻生宗太郎、七重の夫婦、それに深川長寿庵の長助などが夕方から畝家に集った。

主役の源太郎は、ちょうど二、三日前からよちよち歩きをはじめたところで、

「あまり這い這いをしませんので、どうも世間並から遅れているのではないかと心配していましたが、その分、歩くのが早いようでして……」

町廻りから帰ったばかりの源三郎が早速、親馬鹿ぶりを披露した。

「早いものだな、もう一年か」

珍しく二、三杯の酒で赤くなった東吾が述懐した。

「源太郎の産声《うぶごえ》をきいたのは、夜明けだった。俺も源さんも石になったみてえに声も出なくてさ。ああいう時は女のほうが勇ましいもんだ」

長助が鼻をつまらせながらいい出した。

「あっしも、自分じゃ落ちついているつもりだったんですが、湯を汲んでいけば、蕎麦をうでるんじゃねえ、赤ん坊に湯をつかわせるんだ、火傷さしたらどうする気だとお吉さんにどなられて……全く、足が地につかねえってのは、ああいう時をいうもんですか。あっちへよろよろ、こっちへよろよろ……」

「お吉だってあがってたんですよ。あの人、お産婆さんが赤ちゃんの臍《へそ》の緒切ったところにつけて下さいって、お薬を渡されたのに、あたしがひょいとみたら、源太郎ちゃんの大事なところにせっせと塗っているんですもの、思わず、そこは違いますよって……」

「お吉の奴、男の急所なんぞみたことがなかったんだろう」

東吾が笑い、宗太郎が真面目にお吉を弁護した。

「いや、手前もお吉と似たような経験がありますよ。長崎にいた時分、お産の手伝いをしましてね。とにかく、赤ん坊の生まれる瞬間というのは荘厳というか厳粛というか、立ち会った者でないとわかりませんよ」

そういう麻生家も今年の暮か、来年の正月早々には赤ん坊が誕生する予定であった。

七重は岩田帯を締めたばかりで、まだそれほど腹部は目立たないが、なんとなくふっくらした体つきになっている。

「おかげさまで、それほど夏やせもしませんの。食もよくすすみますし……」

嬉しそうにるいへ話している七重は、実際、膳の上のものをよく食べた。東吾がそれとなくみていると、宗太郎は七重の好物を自分の皿から取ってやって、それを七重が遠慮もしないで口へ運んでいる。

で、るいを大川端へ送りながら、東吾はそのことをいいつけた。

「大飯食いの女房を持つと、亭主はあわれなもんだ。旨そうなものはみんな女房に召し上げられてさ。宗太郎の奴、香の物で飯をさらさらかき込んでやがったぞ」

「七重様が召し上るのではなくて、お腹の赤ちゃんが召し上るんですもの。宗太郎様はそりゃあ頼もしそうに、奥様をみていらっしゃいましたわ」

「俺も、るいに赤ん坊が出来ると、ああなるのかな」

「ええ、その時は洗いざらい頂いて、丈夫な赤ちゃんを産みますから……」

夜風に吹かれて、いい気分で「かわせみ」へたどりついてみると、帳場のところで嘉助とお吉が睨み合っていた。

ただいま、と声をかけたるいに、お吉が待っていたようにいいつけた。

「もう、番頭さんったら、頑固でちっとも人のいうことをきかないんですから……」

嘉助が、るいと東吾を出迎えて笑った。

「頑固はお吉でございますよ。年をとってくれれば少々目が悪くなって当り前で、越後くんだりまで出かけたところでよくなるものでもなし……」

「ちゃんとよくなった人がいるんですよ」

「人は人、俺は俺だよ」

「信心すれば、必ずよくなりますって……」

「あいにく、俺は信心深いほうじゃねえんだよ」

「罰当りなことといわないで……」

まあまあと東吾が間に入った。

「嘉助は目が悪いのか」

「悪いってほどのことではございません。薄暗いところで、こまかな文字が読みづらくなった程度で、この年ですから仕方がございません」

「越後の五智《ごち》如来様へ願をかければ、すぐよくなりますって、そういう生き証人がいるんですから……」

「生き証人はすさまじいな」

東吾がるいの部屋へ通ると、お吉もついて来た。

「本当なんですよ。若先生、南伝馬町二丁目の信濃屋さんのおすえさんが、五智如来様へお詣りして、すっかりよくなって帰って来たんですから……」

「信濃屋のおすえってのは、いくつなんだ」

「主人の惣兵衛さんの妹で、たしか二十八、九って聞きました」

「それじゃ、嘉助の目の悪くなったのとは、わけが違うだろう」

「眼病ならば、なんでも効くそうです」

もういいから、とるいが制した。

「それより、東吾様のお湯の仕度をしてちょうだい」

お吉がしょんぼりして出て行ってから、東吾はるいに訊ねた。

「五智如来ってのは、なんなんだ」

「昔から眼病には随分、御利益《ごりやく》があるそうですよ。越後の直江津の近くで、春日山《かすがやま》の傍だとか」

「けっこう遠いな」

「江戸からも、京、大坂からも参詣の人が絶えないそうで、お吉の話ですと、この節《せつ》、お上から頂く女手形は大方、その五智如来様へお詣りのためのものですって……」

女手形とは、正式には女下請状《したうけじょう》といい、女の通行手形のことであった。

幕府は江戸在住の女達が他国へ出かける際には必ず町名主を通して町奉行所、乃至は町年寄役所へお届けを出し、通行証を受けてから旅に出かけるよう指示し、女手形のない者の出国を固く禁じた。

そのために江戸以外の土地から嫁に来た女達は実家へ帰る時も、親兄弟の冠婚葬祭に出席するような場合も、その都度、町名主へ願って女手形を受ける必要があった。

従って、町名主の控をみれば、どの家の女が、なんの目的でどこへ旅に出たかが一目でわかる方式になっている。

「そんなに五智如来が流行《はや》っているのか」

「世の中に、目を患っている方は案外、多いものですわ」

嘉助を五智如来詣りにやったものかどうか、るいが本気で心配をしているので、翌日、東吾は本所の麻生邸へ出かけて宗太郎に会った。

宗太郎は広い裏庭に畑を作って、そこにさまざまの薬種を栽培している。

「まさか、東吾さんは嘉助に越後見物をさせる心算《つもり》ではないでしょうな」

笑いながら宗太郎がいい、東吾は縁側に腰を下して、七重が運んでくれた冷たい麦湯を飲んだ。

「当り前だ。誰かいい眼医者を紹介してもらいたいが、心当りはないか」

「品川に養眼堂という店があります。眼医者というより眼鏡作りの名人ですが、無論、眼科の勉強もしています。そこへ行って嘉助に合う眼鏡を作らせるのがいいでしょう」

紹介状を書きますといい、宗太郎は手を洗いに井戸端へ行った。

「越後の五智如来様のことなら、こないだ屋敷へ出入りしている越後屋の手代が話をして居りました」

硯《すずり》の仕度をしながら七重がいった。

「南伝馬町の信濃屋の若主人の妹に当る人が、生まれつき、目が弱くてお嫁にも行けなかったのが、この五月に勧められて五智如来様へお詣りに行き、一カ月近く、護符入りのお水で目を洗っていたら、すっかりよくなって帰って来たそうですよ。おまけにむこうで良いお方にめぐり合って御祝言のお話が進んでいるとか」

「そいつは霊験あらたかだったな」

南伝馬町の信濃屋といえば、お吉が話していた一件だと東吾は思った。

「むこうで亭主をみつけて来たというと、相手は越後の男か」

「いえ、お江戸の方だそうですよ。そちらもお姉様が五智如来様へお詣りするのについてみえたのですって」

「五智如来は千客万来なんだな」

宗太郎に紹介状を書いてもらいながら、東吾が訊ねた。

「鰯《いわし》の頭も信心からというが、五智如来の効力はなんだと思う」

宗太郎が苦笑した。

「行ってみないことにはわかりませんが、どうもあの近くの温泉のせいではないかと思います。それに、江戸に目病みが多いのは、土埃がひどいことと無縁ではありません」

痛む目を流水でよく洗い、温泉に入って体力をつければ、かなり効果があるかも知れないという。

「もっとも、それで治る眼病というのは、ごく容易なものですが……」

「治らない奴は信心が足りないといって追い返すんだろう。如来様こそ、いい面の皮だ」

紹介状をもらって、東吾は麻生家を辞した。

月のなかばに、東吾は狸穴《まみあな》の方月館へ稽古に出かけた。

このところ、おとせの息子の正吉は急に背丈が伸び、体つきもたくましくなって来た。

だいぶ前から、東吾が道場へ出ると、正吉も竹刀《しない》を取って稽古をつけてもらっていたが、そっちの腕もめきめき上っている。

その正吉と東吾を伴って、松浦方斎が目黒不動へ出かけたのは蛍見物と句会のためであった。

二

目黒川の水辺には、近頃の江戸ではみかけないような大きな蛍が生息していて、それが光を放って飛ぶさまはなかなかみごたえがあると、目黒村の名主の庄左衛門というのが招待したもので、松浦方斎を含めて十数人が夕方から名主の家へやってきた。

庄左衛門の屋敷は豪壮なものだったが、目黒川の流れを庭へひき込んだ辺りに建てられた別宅は百姓家風の素朴な普請《ふしん》で、その座敷からは目黒川が見渡せた。

客が揃うと、すぐに夕餉《ゆうげ》の膳が出て、酒も少々、やがて暮れると蛍は縁の近くまで無数に飛びかった。

方斎達は発句に余念もなく、風流に縁のない東吾は正吉と共に蛍を追って目黒川の岸辺まで行ってみた。

その附近は葦が人の背丈ほどにも伸びていて、どこまでが岸で、どこから先が水辺なのか暗い中では見当もつかない。

「気をつけよ。迂濶に蛍を追っていると、水へ落ちるぞ」

正吉へ注意をし、早々に蛍狩をやめて東吾は門前町のほうへ出かけた。

夏のことで、商店はまだ店を開けている。

目黒不動に参詣に来て、この近くに宿を取っている客も、ひやかし旁《かたがた》、店をのぞいて歩いていて、けっこう賑やかでもあった。

で、東吾も方月館で留守をしているおとせと善助《ぜんすけ》のために、手織りの布や素焼の茶碗などを正吉とえらんでいると、すぐ近くで愚痴っぽい女の話し声が聞えて来た。

「だから、あれほどいっただろうが、無駄な銭をつかって越後くんだりまで出かけて、なんの御利益もない上に、男には逃げられる、いったい、この先、どうする気だね」

腹立たしげな口調に対して、もう一人は低く反撥していた。

「あの人は逃げたんじゃありません。わたしと越後へ行くために品川の店をやめてしまったから別の仕事を探しに行ったんです」

「おや、そうかね。仕事をみつけに行った者が十日も二十日も帰って来ないのは、どういうわけだい」

「ですから、思うような仕事がみつからなくて……」

「だったら、とっとと帰ってくりゃあいい。力仕事を嫌がらなけりゃ、ここにいたって暮しを立てることが出来ないわけじゃなし、百姓は今が一番忙しい時なんだから……」

東吾は土産物を並べてある棚越しにむこうを窺った。灯の暗い土間のところに、五十がらみの如何にも農家の女房といった様子の女と、もう三十はいくつか出ているのだろうが細面《ほそおもて》で優しい顔立ちのが、いささか険悪な様子で向い合っている。

急に若いほうの女が立ち上った。おぼつかない足どりで店の外へ出て行く。

「どこへ行くんだよ、おたね。ろくすっぽ目もみえないのに……待ちなさいったら……」

年かさの女が文句をいいながら、後を追って、東吾に土産物をみせていた女がそっちをみて軽く舌打ちした。

「おとしさんもくどいんだから……過ぎたことをいくらいっても仕方がないのに……」

東吾に気がついて、作り笑いをした。

「いえね、母子《おやこ》喧嘩なんでございますよ。毎日、一つことを蒸し返して……」

財布を出して、土産物の代金を払いながら東吾が訊いた。

「若いほうは目が悪いようだったが……」

「おたねさんっていいましてね。子供の頃に大病をして、命は助かったんですが、目のほうが悪くなっちまって……まるっきりみえないわけじゃありませんが、針仕事なんか無理なんですよ。おっ母さんにしてみれば、三十すぎても半人前の娘が心配なんでしょうが」

「男に逃げられたとかいっていたな」

「目が悪くても、あの器量ですから嫁にしてもいいって話がいくつもあったんですが、運がないってんでしょうか、当人がその気になると先方の親が、なにも目の悪い嫁をもらうことはないなんぞといい出して……その中《うち》に品川のほうから木綿物を売りに来る男といい仲になっちまって夫婦になるって話だったんですけど……」

「駄目だったのか」

「男が来なくなっちまいましたからねえ」

別の客が店へ入って来て、東吾は土産物を持って正吉と外へ出た。

名主の家へ戻って来ると、ちょうど句会が終ったところで、庄左衛門が女房に酒を運ばせている。

「なんぞ、良い土産を買って来たようだな」

方斎が東吾の包をみて訊ね、なんとなく東吾は思っていたことを口に出した。

「世の中に目を患っている者は案外、多いものですね」

「新田のおたねさんのことでしょうが……」

名主の女房がすぐに応じた。

「あの人も気の毒に……越後まで出かけても、なんの役にも立たず、よっぽど、前世が悪かったに違いないと、みんな噂をして居ります」

「越後というと、五智如来ですか」

「ええ、信心で目病みが治るなら、地元のお不動様でもよかったろうにねえ」

目黒村の名主の女房としては、もっともな意見を述べた。

夜更けて、松浦方斎を駕籠に乗せ、東吾と正吉が左右に付き添うようにして狸穴へ帰りかけると、目黒川へかかっている橋の袂《たもと》に女が一人、月を仰ぐようにしてたたずんでいるのに出会った。

あの女、おたねである。

東吾達をみても、顔をそむける風でもないのは、やはり目が悪いせいだろうと思い、酔いも手伝って、東吾は通りすがりに声をかけた。

「いつまでも、こんな所に突っ立っていると、狐に化かされるぞ。早く家へ帰れ」

駕籠屋の一人がいった。

「若先生のいいなさる通りだ。おっ母《かあ》が心配してるぞ、早く帰んな」

その儘《まま》、東吾達の一団は女の前を通りすぎた。かなり行ってから正吉がふり返った。

「先生、まだ、立ってます」

成程、橋の袂に先刻と同じ恰好の女の姿が月明に浮んでいる。

「大丈夫でしょうか、身投げでも……」

正吉が子供らしい調子でいい、東吾が笑いとばした。

「案ずることはない。まだまだ、この世に未練があるようだ。とてもじゃないが死ねやしないさ」

自分を捨てて行ったかも知れない男を、必ず帰って来るといい張っていた女であった。

それだけの自信があるのかも知れないし、みかけよりは気も強そうである。駕籠の中から、方斎の気持よさそうな鼾《いびき》が聞えて来た。

方月館の稽古が明日で終るという日に、目黒村から庄左衛門が、方斎の好物である瓜を背負籠に一杯、作男にかつがせてやって来た。

で、よもやま話のあとに、

「先だって、手前どもからのお帰りに、おたねにお会いになったそうで……」

と東吾に訊いた。

「目黒川の袂で出会いましたが……」

まさか身投げをしたのではあるまいと東吾が眉をひそめると、

「いや、なに、たいしたことではございません。手前どもの小作人に、おたねが、貴方様のことを訊ねたと申しますので……」

無論、庄左衛門の家の小作人達は方月館の師範である東吾の素性を知っている。

「どうやら、小作人どもが口軽く、若先生の御身分を喋ったようでございまして、御迷惑ではなかったかと案じて居ります」

別に、おたねがなにを知ったとしても、自分としてはかまわないと東吾は答えた。

「目の悪い女が夜更けに川っぷちを徘徊しているのは物騒と思い、つい、声をかけたまでのことです。お節介だったかも知れませんが……」

他意はなかったと東吾がいい、方斎が庄左衛門に訊ねた。

「その女子《おなご》のことで、なんぞ厄介がござるのか」

「左様なわけでもございませんが、このところ不運続きで、いささか当人がやけになっているようでして……まあ、いくらあせってもどうなるものでなし、落ついて、さきざきのみすぎよすぎを考えたほうがよいと申してやって居りますが……」

庄左衛門が話したのは、その程度で、東吾はあまり気にとめなかった。田舎では些細なことが話の種になる。それだけ日常が平穏無事なせいでもあった。

翌日、狸穴から東吾が大川端の「かわせみ」へ帰ってみると、嘉助が眼鏡をかけて帳付けをしていた。

「品川へ参りまして、これを作ってもらいましたんで……」

最初に行った日には目をみてもらい、七日後にもう一度来るようにいわれて一昨日、出かけて行くと眼鏡が出来ていたという。

「宿帳をみますにも、算盤《そろばん》をはじきますにも、まことに重宝で、こんなことなら、もっと早くに宗太郎先生に御相談申すのでございました」

と、如何にも嬉しそうである。

お吉は眼鏡をかけた嘉助の顔が、小網町の大家にそっくりだといって、げらげら笑っているし、るいもほっとした表情であった。

「眼鏡をかけて用がすむなら幸せなことだ。生まれつき目が悪いばっかりに嫁にも行けず、苦労している者もいるんだからな」

るいの部屋で東吾がいい、

「信濃屋さんのおすえさんのことですか」

と、るいが応じた。

「おすえさんなら、五智如来様へお詣りに行ったのが御縁で、良いお聟《むこ》さんが決ったそうですよ」

その話なら七重からも聞いていた。

「お吉が信濃屋へ、客布団の仕立直しをするのに使うので、縮《ちぢみ》を少しばかり買いに行って聞いて来たんですけど、なんでも品川のほうの木綿問屋で働いていた人で、信濃屋さんも店で扱うのは木綿物や麻だから、まことに具合がいいって喜んでなさるんですって」

「品川のほうの木綿問屋だと……」

ふと気になって、東吾は訊ねた。

「名前は、なんていうんだ」

「芳之助さんとかいうそうですよ」

ちょうど風呂の仕度が出来たと伝えに来たお吉が、すぐ口をはさんだ。

「二十五、六ですか、背が高くって、丈夫そうな体つきの、まあ器量だって悪かありませんでしたよ」

「お吉は、その男に会ったのか」

「ええ、もう、信濃屋さんで働いているんです。おすえさんとの祝言は九月になってからだそうですが……」

まさか、と東吾は内心で自分の思いつきを否定した。

「五智如来ってのは、かなり流行っているんだろうなあ」

「そりゃもう、南日本橋界隈だけでも、この夏、七、八人が参詣に出かけるそうですから……」

江戸中でいったい何人になることかと、お吉が変な自慢をし、東吾は手拭を下げて風呂場へ行った。

三

東吾が偶然、信濃屋のおすえと、その恋人の芳之助をみたのは、その月の終り、誘われて綾瀬川へ蛍見物に出かけた時であった。

畝源三郎の妻のお千絵の実家は御蔵前片町の江原屋という札差で、その隠居所が綾瀬川の近くにある。

「源太郎に水遊びをさせようと出かけましたら、まあ蛍がたんと居りまして、そりゃあきれいですの。よろしかったら、東吾様とお出かけ下さいませんか」

とお千絵がいいに来て、その日は畝源三郎も非番とやらで、深川の長助やお吉までぞろぞろと綾瀬川へ出かけることになった。

源三郎夫婦は一足先に行っていて、東吾とるいとお吉は長助が用意した舟で大川端を出て、日の暮れ時に江原屋の隠居所へ着こうという算段だった。

ちょうど大川へ綾瀬川が流れ込んでいる辺りで、上流から漕ぎ下って来た舟と出会った。

そっちの舟も大川から綾瀬川へ入ろうとしているので、長助のところの若い衆は岸辺に舟を寄せ竿をさして、川の道をゆずった恰好で待っていた。

二つの舟の船頭同士が声をかけ合い、ゆずられたほうの舟が威勢よく綾瀬川へ入って行く。

その舟の中には二組の男女が乗っていた。

二組とも商家の夫婦といった感じだが、女は一人が丸髷で、一人が結綿《ゆいわた》であった。つまり丸髷のほうは女房だが、結綿に結っているのは未婚ということになる。

男女四人がるいと東吾のほうへ会釈をして、こちらも軽く挨拶を送った。

お吉が慌てたように、るいの袂を引く。

「あの人ですよ。信濃屋さん……」

前の舟の舳先《へさき》のほうにすわっているのが、信濃屋惣兵衛とその女房のお妻、後にいるのが、

「芳之助って人と、おすえさんです」

むこうはお吉に気がつかなかったらしい。もっとも、買い物に行ってお吉の相手をす

るのは信濃屋の番頭や手代だから、主人とその妹と未来の亭主とが、お吉に見憶えがなくても、むしろ、当然かも知れなかった。

「成程、似合いだな」

東吾が呟いたのは、芳之助に寄り添っていたおすえの安心し切った様子と、おすえをいたわるような男の素振りが板についていて悪い感じがしなかったからである。

信濃屋の舟に続いて、こっちの舟も綾瀬川へ入った。前後して川を上る。

岸辺に人影がみえた。

江原屋の番頭と、源太郎を抱いた源三郎である。

信濃屋の主人が舟を止めて、江原屋の番頭に挨拶をした。知り合いのようである。

「あら、蛍」

るいが小さな声を上げた。

いい具合に夕闇が濃くなって来た川沿いの棒杭に柔らかく光って飛ぶ蛍がみえた。

「ごらんなさいまし。そら、そこにも……」

お吉が大仰にさわぐので、つい、東吾はいった。

「ここらの蛍はこぢんまりして品がいいな。目黒川でみた奴なんぞ、この三倍もでっかいぞ」

東吾の声が聞えたのか、前の舟から男がふりむいた。

芳之助である。なんの気なしにそっちをみて、東吾は相手の表情に驚いた。東吾に注目されて、芳之助は激しく動揺した。狼狽、恐怖、逆上がないまぜになって芳之助の顔に現われた時、東吾は悟った。

この男が、やはり目黒村のおたねの相手であった。おそらく、それに間違いはあるまい。

が、東吾はなにもいわず、岸から手を上げている源三郎へ笑顔をむけた。

そんな東吾を、るいはちゃんとみていたらしい。

夜更けて大川端へ帰って来て、二人だけになった蚊帳の中で、

「信濃屋の芳之助さんとおっしゃるお人のことですけれど、なにか、おありだったんですか」

思い出したように訊いた。

「なにか、おありってほどのことじゃないが、世の中、広いようで狭いとは思ったな」

かくすほどのことでもないので、目黒村で見聞きしたことを話すと、るいは目をみはった。

「それじゃ、そのおたねさんという人を捨てて、信濃屋のおすえさんの聟になろうとしているってことですか」

「おそらく十中八、九、間違いはないだろうよ。芳之助の話を聞いた時、品川の木綿問屋に奉公していたっていうから、なんとなく、もしやとは思ったんだ」

目黒村では、品川のほうから木綿物をかついで売りに来ていた男と聞いた。

「それじゃ、どうなさるお心算ですの」

夜具の上にすわってるいが訊き、東吾はあっけにとられた。

「どうするって……」

「黙っていらっしゃるんですか」

「わざわざ、いいつけるほどのことでもないだろう」

「目の悪い女の人を捨てるような男が、信濃屋のおすえさんを幸せに出来るとお思いになりますの」

「そいつはわからないが、とにかく、芳之助は目黒村の百姓の娘よりも、信濃屋の妹をえらんだんだ。そっちのほうが自分にむいていると思ったんだろう」

「捨てた女の苦しみも考えずにですか」

「よせやい。俺が捨てたわけじゃないぞ」

「だって……」

るいが東吾の胸に片手をかけた。

「信濃屋さんじゃ、なにも知らないんですよ。そういう人がいると知ったら……」

「兄貴のほうは反対するかも知れないが……」

「おすえさんだって、きっと……」

「そいつはどうかな、今日みたところじゃ、あの二人はもう他人じゃないようだ。女ってのは、男が自分のために、他の女を捨てたってことを、それほど悪く思うかどうか」

「あたしだったら、いやです」

だが、るいの声が少しばかり弱くなった。

そんなるいの手を取って東吾が軽くひきよせた。

「下手に他人が口を出すと、二人の女が泣くことになる。どうすりゃいいのか、俺も判断に困っているんだが、とにかく、狸穴へ行ったら、目黒村の女を捨てた男が芳之助かどうか確かめてみようと思っている」

その後のおたねの様子も知りたいところだった。おたねがもし、捨てた男をあきらめていれば、それはそれで一つの解決になるのかも知れない。

それから数日、八丁堀の屋敷へ畝源三郎がやって来た。

「東吾さんは、信濃屋の主人の妹の聟になる、芳之助というのを御存じなんですか」

江原屋の番頭に、芳之助が東吾のことを訊いたという。

「番頭が、お千絵に知らせて来ましてね」

「あいつ、どうやら目黒村で罪つくりをして来たようなんだ」

源三郎にも、おたねの話をすることになった。

「るいの奴に、知らん顔をしていていいのかとなじられて弱ったよ」

「信濃屋のほうは、祝言が九月だそうです」

「まあ、もう少しばかり、様子をみるか」

「もし、東吾さんの推量通りとすると、五智如来が罪つくりな真似をしたようなものですね」

芳之助はおたねについて五智如来へ参詣に行き、むこうで信濃屋のおすえと知り合った。

「信濃屋では、芳之助の伴《つ》れを姉だと信じているようなんだ」

七重から聞いたことであった。

「つまり、目黒村の女は芳之助よりも年上ということですか」

年齢からいっても、暮しむきから考えても芳之助が、おたねを捨てて、おすえを取った理由はわかるが、

「あまり、いい気分のものではありませんね」

「人間ってのは正直なものさ」

五智如来へ行って、おすえは目が治り、おたねは相変らず悪いままだ。二人の女の上にそれだけでも明暗ははっきりしている。

「といって、芳之助に、かわいそうだから、おたねの亭主になってやれとは、お上でもいえねえだろう」

芳之助も気にはしているのだと東吾は思った。目黒村の女のことで良心が痛んでいるから、東吾のいった目黒川の蛍は、という言葉だけで、あんな反応をみせた。

「明後日、狸穴へ行く。その結果によっては相談に乗ってくれ」

いささか気の弱い顔で、東吾は源三郎にいった。

四

方月館へ発つ日の朝のことである。

兄の通之進の出仕を見送ってから、東吾が身仕度をしているところへ源三郎が来た。

「信濃屋の芳之助が昨日、出かけたきり帰らないそうです」

江原屋を通して知らせが来たので、これから信濃屋へ行ってみるが同行願えませんか、という。

東吾はそのまま、屋敷をとび出した。

信濃屋では、主人の惣兵衛が途方に暮れていた。

「妹が半狂乱で泣きますので……つい、お上をわずらわせることになってしまい、まことに申しわけございません」

今にも、芳之助がひょっこり帰って来るのではないかと惣兵衛は考えているようであった。

「たしかに、昨日、出かけて参ります時には必ず、今日中に戻って来るとは申しましたが、なんといっても、姉の所へ参りましたのですから……」

「芳之助は姉に会いに行ったのか」

東吾が身を乗り出すようにして訊いた。

姉というのは、おたねのことに違いない。

惣兵衛がいいにくそうに頭を下げた。

「実は芳之助には目の不自由な姉が居りますので、おすえと夫婦になりましてからも、その姉の面倒をみることになるのかと、まあさきざきの相談をしましたところ、少々、まとまった金を持たせれば、嫁にもらってくれる相手があるとかで、それは御当人のためにもよろしかろうと、とりあえず十両の金を持たせまして品川へやりました。それが、昨日の午《ひる》のことでございまして……」

「品川……」

「はい、品川の御殿山のほうだとか」

嘘だ、と東吾は思った。

芳之助の行ったのは目黒村であろう。自分と目黒村のつながりを、芳之助は信濃屋に知れるのを怖れている。

「昨日の中に戻るといったのが、一夜あけても帰らないのだな」

「ですが、用件が用件でございますから……」

「芳之助とは五智如来へ参詣に行って知り合ったそうだが、当人の身許などを調べたのか」

「いえ、品川に姉弟二人で暮していることで、両親は早くになくなり、頼りになるような親類もないと申して居りましたから……」

「芳之助の姉とは話をしたことは……」

「ございません。手前共が滞在していた宿には芳之助が一人きりで、姉さんはおこもり堂のほうで願がけをなすっていらっしゃって、三七二十一日の間は宿にも帰らないというので……」

惣兵衛の表情に不安なものが浮んだ。

「芳之助の身上に、なにかよくないことでもございましょうか」

返事をせずに、東吾は信濃屋を出た。

「源さん、俺は今から目黒村へ行ってみる」

どっちみち狸穴へ出かけるところであった。

「なにかあったら、八丁堀へ使を出す」

南伝馬町から、まっしぐらに目黒村へ、途中、気がついて飯倉の仙五郎の家へ寄った。

ざっと話をすると、仙五郎は心得て、若い者を方月館へ走らせ、東吾の伝言をことづけさせ、自分は東吾について目黒村へ向った。

「芳之助って奴は十両の金で、おたねと手を切る了見だったんでござんしょうか」

早足で歩きながら、仙五郎が訊いた。

「まず、そんな所だろうと思うが……」

「女がいうことをききますかね」

「あっさり承知をしていれば、芳之助は昨日の中に信濃屋へ帰っているだろう」

だが、如何に不承知だといったところで男が心変りしてしまったのではどうにもならない。

「こういうことはありませんかね。せめて別れだからと、女の家へ泊るとか……」

「そういうことなら、芳之助は俺と入れちがいに江戸へ戻っているだろうが……」

だが、東吾には土産物屋で耳にしたおたねの声と、目黒川のほとりでみかけた彼女の姿が心に残っていた。

あれは思いつめた女の声であり、姿であった。

ああいう女が十両で別れ話に応ずるものだろうか。男を責め、怨みごとをいい、そのあげくは信濃屋へ行ってすべてをばらすといい出すのではあるまいか。そんな場合、男がどういう行動に出るのか、東吾はこれまでにいくつもの例をみている。

目黒不動尊の参道には、代官所の手代が立っていた。その近くに近所の住人だろう、野次馬が集っていた。

「ちょいと、聞いて参ります」

変事があったに違いないと気がついて、仙五郎がとんで行った。戻って来た時は顔色が変っている。

「目黒川に、男の死骸が浮んでいたそうです。そいつが、おたねと夫婦約束をしていた芳之助って奴だとか……」

「おたねは、どうした」

「それがその……名主さんと方月館へ行ったってんですが……」

「なんだと……」

ともかく、名主の屋敷へ行ってみると、そこにおたねの両親も来ていた。

「おたねが庄左衛門どのと方月館へ行ったそうだが……」

名主の女房が困ったように笑った。

「若先生がこの前、おたねさんに声をかけなすったでしょうが……あれから、おたねさんは家へ来て、若先生のことばっかり、なんだかんだと聞きたがる。それでまあ、うちの人がもて余して松浦先生に相談したら、若先生の友達で大層、腕のいいお医者がいるから、いっぺん、おたねさんの目のことを訊いてもらったらといいなすったとかで、それを聞いたおたねさんがすっかりその気になっちまって、昨日、うちのが伴れて方月館へ行きました」

「昨日……」

「ええ、供をして行った吾作だけが戻って来て、若先生が江戸からお出でなさる日を日間違えたそうで、うちの人とおたねさんは方月館へ泊めてもらって、今日、若先生がお出でなさるのを待っていると……」

「すると、おたねは芳之助と会わなかったのか」

傍から、おたねの母親が、おどおどと答えた。

「芳之助が来たのは、おたねが出かけたあとで、どうしても話があると夜になるまで待っていたのです」

おたねの父親が名主の屋敷へ行って小作人の吾作のことづけをきいて戻り、今夜は、もう、おたねは帰って来ないとわかってから芳之助は江戸へ帰るといって、おたねの家を出て行ったという。

「その芳之助が、なんで川へ落ちたのか」

おたねの両親は青くなっている。

「芳之助は、お前達になにか話をして行かなかったのか」

東吾の問いに、おたねの両親は首を振った。

「大事な話だから、又、出直してくるといいましたが、それだけで……」

昨夜は更けてから霧が出たと名主の女房はいった。

「川っぷちは見通しが悪かっただろうが、それにしたって一本道だし、提灯も持っていたというのに……」

そこへ駕籠がついた。前のからは名主の庄左衛門が、後からはおたねがころがり出た。

「芳之助が川へ落ちて死んだというのは本当かね」

庄左衛門が叫ぶようにいい、おたねは腰が抜けたといった恰好で土にすわり込んでいる。

やがて、代官所の役人が来て、東吾は仙五郎と共に、芳之助の死体が浮いた目黒川へ行ってみた。

その場所は、いつぞやおたねが立っていた橋よりも、かなり川下であった。

目黒川はそこで大きく弧を描いたように流れの向きが変っている。

「大体、橋の上から落ちると、ここらに死体がひっかかることになります」

以前にも同じような例があったと、代官所の役人は東吾に説明した。

「田舎の橋は欄干もなにもありませんから、霧の深い夜はけっこう危いものです」

芳之助の懐中には十両余り入った財布がそのまま残っていたこともあって、少くとも物盗りの仕業《しわざ》ではないという。

「どうなんでござんしょう」

役人がいなくなってから、仙五郎が東吾に訊いた。

「怨みを持った奴の仕業ってことは……」

東吾が川を眺めた。

川幅が狭い割合に深さは大人の胸ぐらいまではありそうであった。流れはけっこう早い。

「おたねは目が悪いんだ。方月館を仮にぬけ出したとして、どうやってここへ来る。第一、芳之助が自分を訪ねてくることも知らなかったんだ」

「おたねの親達はどうです」

「考えられなくはないが、違うだろうな」

十両の金が芳之助の財布にあったということは、芳之助が別れ話をしていない証拠のようなものであった。

「芳之助が、おたねを捨てて、信濃屋の娘と夫婦になろうとしていることを、親達は知らない筈だ」

「やっぱり、霧で方角をあやまったんですかねえ」

因果応報って奴ですかといい、仙五郎は大きな嘆息をついた。

芳之助の遺体は知らせを受けてかけつけてきた信濃屋が、行きがかりもあって引き取り葬式を出した。おたねと芳之助の仲については、誰も口に出す者はなく、信濃屋は知らずじまい、というより、惣兵衛はどうも怪訝《おか》しいと気がついたようだが、妹の心中を思ってそ知らぬ顔ですませたのが本当のところだったろう。

おたねは、宗太郎が紹介して蘭方の眼科医の診察を受けたが、失明することはないが、今よりも視力がよくなるあてもないといわれた。

「まあ体力をつけ、丈夫になることです。暗いところで細かなものをみたりせず、青い空とか遠くのほうを目の底に力を入れて見るように心がけると、少しは効果があるかも知れません」

医者の言葉を、おたねはそれほどがっかりした様子でもなく聞いていた。

「あまり役に立たなくて気の毒だったが、あんたよりも、もっと目の不自由な人間も、ちゃんと生きているのだから……」

帰り道に、東吾が慰めると、おたねは素直にうなずいていった。

「あたし、自分が不運だったとは思っていないんです。本当に不運だったら、芳之助が目黒村へ来た時、方月館へ行っていてあの人と会わないですんだなんてことにはならなかったと思います」

もし、家にいて、芳之助と会っていたらと考えて、ぞっとしたと体をすくめるようにした。

「あたし、あの人を殺したかも知れませんもの」

そんなことにならなかっただけでも、自分は不運ではなかったと信じることが出来ると、おたねは自分の言葉に力をこめた。

「目黒川の蛍はもうみることが出来ませんけど、人の持っている提灯が蛍の光みたいにみえるんですから、それでいいと思っています」

おたねを家へ送り届けて、方月館へ帰る目黒川のほとりで、東吾がふり返ると、目黒不動の森の上に、一番星が、まるで目黒川の蛍のように光ってみえた。

六阿弥陀道《ろくあみだみち》しるべ

一

「この節、どうも信心だか風流だか判らねえようなことが、流行《はや》り出してましして……」

話しているのは、深川長寿庵の長助、場所は八丁堀組屋敷の中の神林家の庭にむいた縁側であった。

信州から良い蕎麦粉《そばこ》が届きましたのでと、神林家の兄弟が揃って蕎麦好きなのを知っている長助が深川から背負って来て、すぐ帰るというのを、

「敵の家へ来たって茶の一杯は飲むものだというそうじゃないか」

と東吾が遠慮する長助を縁側へ案内し、兄嫁が気をきかせて、女中に命じて冷たい麦湯の他によく熟れたまくわ瓜まで運ばせてくれたのを、二人でかぶりついている中《うち》に、すっかり居心地のよくなった長助が嬉しそうに喋り出したものである。

「まずは、八八幡《やや》《はた》詣でと申しまして、深川の富岡八幡、市ヶ谷の八幡、高田村の穴《あな》八幡、ちょいと遠くになりますが青梅街道の妙法寺の先の大宮八幡、ここはなんでも八幡太郎源義家のゆかりの社なんだそうで、それから、ずっと戻って来て千駄谷八幡、青山を抜けて行きまして渋谷八幡、渋谷川を行きまして大木戸の先の田町が稗田《ひえだ》八幡、それから赤羽橋を渡って来て西の窪八幡、つまり八軒の八幡詣でをするってえと御利益があるんだそうですが、なんてったって十五里も歩き廻るんで、一日でお詣りしようとなると、なかなか、えらいことになります」

「女子供には無理かも知れないな」

江戸のどこから出かけるにしても、早暁に出立し、夜になっての帰宅となるだろうと東吾はいった。

「左様で……それでというわけでもございますまいが、昨今は六阿弥陀詣でのほうが、どうも人気がございますようで……」

亀戸村の常光寺、西新井村の総持寺に近い沼田の延命寺、そこから川を越えたところにある西福寺、西ヶ原の無量寺、田端村の与楽寺、そして下谷の長福寺の六寺を廻るもので、こちらは大体、日本橋から往復して七里三十三丁という。

陽気のいい時分なら、信心旁《かたがた》、のんびりとした行楽にはちょうどいいと長助は、ぼんの窪《くぼ》に手をやりながらつけ加えた。

「実を申しますと、あっしのところの嬶《かかあ》が町内のかみさん連中と、六阿弥陀めぐりをやりまして、そいつがなかなかよかったってんで、つい三日前には、また、八幡のほうをやりまして……出かけたのが夜明け前だったんですが、帰って来たのは、戌《いぬ》の刻《こく》（午後八時）すぎでして、大方が途中から駕籠の厄介になったとかで、昨日は一日中ひっくり返って、按摩を取るさわぎで、まあ柄にないことはするもんじゃござんせん」

そのせいで、本来なら昨日中に届けられる蕎麦粉が一日遅れになってしまったと、律義な長助は苦り切っている。

「いいじゃあないか。内儀《かみ》さんだって町内のつきあいってものがある。一年中、長寿庵の店のきりもりで深川から外へ出ることもないんだ。たまには寺詣りぐらい、文句をいわずに出してやれよ」

東吾にいわれて、長助は手を振った。

「別に苦情をいったわけじゃありませんが、近頃の女どもはなにかにつけて家から外へ出たがります。あっしのお袋なんぞは、嫁に来てから今まで、遠出をしたのは浅草の奥山か、天下祭の見物くらいのもので、それが当り前でございました」

同じ江戸の夏でも、昔は女が夜歩きなんぞするものじゃないと決っていたのに、当節は夕涼みだ、花火だ、縁日だと夜遅くまで遊びほうけていると長助はしきりに慨歎した。

「ま、昔のことをいい出したら、親分も年齢《とし》だと嫌味をいわれるぜ」

廊下に静かな足音がして、兄嫁の香苗がやって来た。手に衣裳の入っているらしい畳紙《たとう》を持っている。

　そういえば、呉服屋が来ていたと東吾は畳紙に入っている店印をみた。白木屋のようである。

「お話し中、お邪魔をしてすみませぬ。出来具合がどうか、ちょっとおためし願いたいと白木屋の番頭が申しますので……」

　香苗のあとから、ぼつぼつ初老と思える男がついて来た。如何にも呉服屋らしい柔らかな物腰で丁重に東吾へ挨拶をした。

「お手数をおかけ申して、えらいすまぬことでございます。手前は白木屋の奉公人で今村治兵衛と申します。お仕立があんじょうお気に召しますかどうか、お肩に羽織って頂けますとありがたいのでおますけど……」

　白木屋のような大店《おおだな》では奉公人は近江のほうの生まれが多く、京言葉が原則となっているが、客の大方が江戸の人間であるために、完全な京言葉というよりも、京なまりの残る話し方といった独得なものになっていた。

　そのほうが客にわかりやすいし、関東の客には、如何にも高級な京呉服を扱う商人という感じを与えるには充分だったからである。

　東吾が立ち上り、治兵衛が香苗から畳紙を受け取り、いい手付で紋服を取り出した。

「これが、手前のですか」

　紋服なら、以前に仕立ててもらったのがあった。次男坊の東吾が紋服を着るのは、せいぜい正月か、兄の代理で身分のある相手へ使にやらされる時ぐらいのものである。

「旦那様が、間もなく、東吾様も見習にお出ましになると決った故、新しい紋服の仕度をしておくようにとおっしゃいましたの」

香苗は嬉しそうに、ずっしりした新調の紋服を羽織った義弟を下から仰いでいる。

「裄《ゆき》もお丈も、間違うて居りません。よう、お似合いでございます」

丹念に着具合を確かめて、治兵衛は東吾から紋服を脱がせ、器用にたたみ直した。

「手前の最後の御用に、このような縁起のよい御紋服を御註文頂きまして、ほんまにかたじけないことでおます」

治兵衛の挨拶の意味を、傍から香苗が東吾に補足した。

「治兵衛さんは、この月で白木屋を退勤なさるそうですよ」

無事に勤め上げて、お暇を頂くことになったという。

「白木屋に奉公して、何年になる」

思わず東吾が訊いたのは、治兵衛の髪に白いものが混っているのを認めたからであった。

「十一の時に東下りを致しまして、江戸のお店へ御奉公しましたよってに、ちょうど四十五年になります」

「それは、たいしたものだ。定めて、退勤の後は暖簾《のれん》わけでもしてもらって、自分の店を持つのだろうが……」

東吾の言葉に、治兵衛は、滅相な、と軽く首を振った。

「手前のようなもんが、暖簾を頂戴しては、いつ何時、お店に御迷惑をおかけするやも知れませんで……一休みさして頂いたら、また、なんぞ小商いでもすることになるやも知れませんが……」

畳紙を座敷へおき、両手を突いて丁寧に頭を下げた。

「ほんまに長いこと、お世話をおかけ申しました。手前のあとは、今まで通り、忠兵衛が御用を承りますよってに、何卒《なにとぞ》、よろしゅうお願い申します」

縁側のすみに小さくなっていた長助にまでお辞儀をして廊下を去って行った。香苗が送りがてら、ついて行く。

「たいしたもんですねえ、流石、白木屋の大番頭さんともなると着ているものからして違います」

越後縮に夏羽織を着ていたところをみると白木屋の番頭の中でも、支配役と呼ばれる最高の役職についている人ではないかと長助はいった。

「以前、畝の旦那にうかがったんですが、白木屋の奉公人は小僧から手代、番頭と着るものに細かな御定法《ごじょうほう》があるそうで……」

その時、一番出世すると、なにを着るのかと訊いたら、夏なら越後縮、冬は唐桟留《とうさんとめ》や結城桟留だといわれた。いずれも木綿物としては最高級品である。

長助の推量は、やがて戻って来た香苗によって裏付けられた。

「あのお人は、支配役を五年なすって、そのあとは後見役として長年、勤め上げられたそうですよ」

白木屋の奉公人の中、役職につける者はほんの僅かで、いわば最上格の支配役は江戸《えど》店《だな》でたった三人しかおいていない。

「当然、お店のほうから暖簾わけのお話もあったそうですが、御当人が荷が重いといってお断りしてしまったそうなのですよ」

珍しく香苗が、腰を落ちつけて話し出した。

「治兵衛さんにいつもついて来る忠兵衛という手代の話なのですけれど、治兵衛さんがそういい出したわけは、昔、苦い思いをしているからなのですって……」

今から二十年ほど前に、治兵衛は上役の肝煎《きもい》りで白木屋を円満退勤しかけたことがあったらしい。

「なんですか、それが旨く行かなかったとかで……。やはり、暖簾わけといっても一軒の店を持つのは苦労の多いことでしょうからねえ」

それに四十五年も働き続けて来れば、この辺りで一息つきたいのが人情で、

「治兵衛さんほどにもなると、随分とまとまったお金も頂けるそうで、暫《しばら》く遊んで暮しても、どうということはないようですもの」

女中が出入りの魚屋が来たと知らせに来て、香苗は俄《にわ》かに恥かしそうな表情になって、長助に会釈をし、そそくさと奥へ消えた。

「義姉上《あねうえ》も女だな。呉服屋の話になると、つい夢中になるんだ」

東吾が長助へふりむいていうと、沓脱《くつぬ》ぎのところにちぢこまっていた長助が赤い顔をしている。

「どうにもこうにも、まるで観音様を近くでおがんだような按配でして……」

ぼうっとしたまま、枝折戸《しおりど》を出て帰って行った。

二

数日後、東吾は「かわせみ」で、治兵衛の話をした。

暑い、暑いといっている中に、夏も盛りを過ぎたらしく、るいの部屋の軒先に下っている風鈴を鳴らす風が、どこか早い秋を思わせる。

「そりゃ白木屋っていいましたら、ちょっとやそっとの大店じゃございませんから……」

早速、東吾の話に反応をみせたのは、お吉で、

「本店は京にあるそうで、日本橋の白木屋は江戸店っていうんです。その他に、出店《でみせ》が市ヶ谷にあって、富沢町にあって、もう一つ、馬喰町にもあるんですよ。その上、まあ家作をどのくらい持ってるか知れないっていいますし、とにかく並みの呉服屋が足許にも寄れないほどの大店ですからねえ」

えらく感心してくれたので、東吾はすっかりいい気分になった。

「その、ものすごい大店の日本橋の店には、支配役っていう大番頭が三人いるんだ。な

にしろ、御本家は京にいるわけだから、江戸のほうのことは、なにもかも、その三人が中心になって取り決める。その支配役を、治兵衛って奴は五年つとめて、更に、その上の後見役をやってたそうだぞ」

「その治兵衛さんとおっしゃる方は、おいくつぐらいでございますか」

話に加わったのは、番頭の嘉助で、夏の午下《ひるさが》り、宿屋稼業にとっては一番、暇な時刻であり、加えて、この季節は「かわせみ」といえども千客万来ということはない。だからこそ、嘉助もるいに呼ばれて、水羊羹に宇治の煎茶を一服頂いて、東吾の話に耳をすましていたものである。

「たしか、五十五だといっていたよ。今から自分の店を持つにはちっと遅すぎる。普通なら、ぼつぼつ、悴《せがれ》に店をまかせて楽隠居の年齢だろう」

「白木屋では、たしか、奉公人はすべて店で寝起きを致しまして、番頭といえども、通いは許さないと聞いて居ります。ですから、御奉公中は女房を持つことも出来ませんで……」

「いやですよ」

素頓狂な声を上げて、お吉が笑い出した。

「それじゃ、治兵衛さんって人は、これからお内儀さんをもらうんですかね」

「そいつは聞かなかったが、支配役にまで出世をすれば、外に一軒構えて、通いの奉公が出来るんじゃないのか」

東吾の考えを、嘉助は自信を持って否定した。

「普通の大店は左様でございますが、白木屋ばかりは家訓とやらで、外からの通い奉公は許さぬのだと、これは以前、手前が八丁堀でお手先を勤めて居りました時分、白木屋の手代に不都合があったらしいと聞いて、内偵に入りました折に調べたことでございますから、間違いはございません」

奉公人の居住から着るものに至るまで、すべてが家訓で決っているばかりでなく、例えば、奉公人が主家の金を持ち逃げしたり、使い込んだりしたような場合でも、一切、町方に訴えることはせず、店の内輪で裁いてしまうのだと嘉助はいった。

「つまり、白木屋の店の恥が世間へ知られるのを極端なほど、いやがりますので……」

「奉公なさる人は、どのくらいの年月、白木屋で働くものなのですか」

るいが訊いた。

「不都合なことがない限り、大体、二十年前後だそうで、支配役まで出世する者は滅多になく、まず平手代を越えて小頭役まで行けばたいしたもので、格別のことがなければ、お店のほうも、そのあたりで暇を出すのがしきたりだと申します」

奉公に出るのが、十二、三ぐらいとして三十をすぎると暇を取る。

「援助してくれる者があって、自分の店が出せれば、いうことはございませんが、そうでなくとも、白木屋を無事、勤め上げたとなれば、番頭として来てくれというような誘いもございますとか、当人の心がけにもよりましょうが、けっこうやって行けるものだと聞いて居ります」

しかし、三十過ぎまで独り者でいるのは、若い男にとって難行苦行であるには違いなく、

「やはり、吉原の女に入れあげたの、岡場所の女に凝って店の金を横領したのというようなことが出て参るようで……」

お茶の一休みを終えて嘉助とお吉が各々の持場へ戻ってから、るいが改めて治兵衛を話題にした。

「五十五まで白木屋で働いていたというのは、なにか事情があるのかも知れませんね」

「義姉上の話だと、大層、商売熱心で働き者だそうだ」

支配役にまでなれば、自分で得意先を廻るようなことはなく、下の者にまかせて当り前なのに、治兵衛は必ず、自分で挨拶に来て、註文一つにしても、細かく気を遣ってくれるので、なにをまかせても大丈夫だったと、これは、あの日、長助が帰ってから、又、香苗から聞かされたことであった。

「案外、白木屋のほうが重宝がって、暇を出しそびれたのかも知れないな」

るいの部屋で一日を過し、夜更けてから東吾は八丁堀の屋敷へ帰った。

その月が終って、九月。

数日降り続いた雨が昨日から上って、秋にしては気温がぐんと上った。

八丁堀の道場で一日、稽古に汗を流して、帰りがけに「かわせみ」へ寄り、子持ち鮎

の煮びたしで一杯やっていると、

「畝の旦那が、おみえになりました」

とお吉が声をかけに来た。

町廻りの帰りかと東吾は思ったのだが、そうではなくて、奉行所から一度、帰宅し、夕飯をすませて出て来たという。

「神林様へお寄りしたら、御用人が、多分、こちらだろうと申されました」

「いやな奴等だ。俺が他に行くところがないような気でいやあがる」

笑いながら、東吾はまめまめしく源三郎の席を作り、るいがすぐに新しい御膳を運んで来た。

「少々、いやなことや気になることが重なりまして……」

東吾の顔がみたくなったと、正直に源三郎がいった。

「老人と申しては早すぎるのですが、まあ初老というような男が一人、行方知れずになりまして、番屋に町役人《ちょうやくにん》からお届けが出たもので、今日はそれにかかりっきりだったのですが……」

るいの酌で旨そうに盃を干した。

「長助が、いつもの長助らしくもなく、えらく要領が悪い話し方をするので、よくわからないのですが、その行方知れずになった男を神林様のお屋敷でみたと申します」

東吾が、くすっと笑った。

「治兵衛のことじゃないのか。白木屋の大番頭の……」

「やはり、そうですか。長助が弁天様だの観音様だの、妙なことばかり口走るので……」

「あの日は義姉上が珍しく、長助の前で話をなすったんだ。長助の奴、すっかり逆上して帰ったが……」

「成程、それで弁天様や観音様が出て来たわけですか」

男二人が大笑いして、それから源三郎が真面目に報告した。

「治兵衛が昨日、六阿弥陀詣でに出かけたきり帰って来ないと申すのです」

「六阿弥陀か」

この節、六阿弥陀詣でが流行っているというのも、あの日、長助から聞いたことであった。

「町役人に訴え出たのは、治兵衛の弟で富次郎と申しますが、どうもあまり評判がいいとはいえないような奴で……」

「源さん」

思わず、東吾は遮った。

「治兵衛というのは白木屋の大番頭まで勤めたほどの男だが、そいつに、出来の悪い弟がいるのかい」

「母親と妹も居ります。三人揃って、治兵衛に養ってもらっているようですが……」

長年、治兵衛からの仕送りで暮しを立てて来たらしいと源三郎がいう。

「その富次郎と、妹のおたかというのが、奇妙なことを申すのですが、治兵衛が別れた女房とこっそりつき合っていた……」

「まあ、治兵衛さんってお人には、お内儀さんがあったんですか」

るいが驚いた声を出した。

「しかし、嘉助の話だと、白木屋は家訓で奉公人の妻帯を認めていないそうだ。暇を取るまでは、大番頭といえども、店で暮し、家を持つことは出来ない筈《はず》だが……」

源三郎が東吾の盃に酒を注いだ。

「その辺りのところを白木屋に訊いてみたいと思うのですが、東吾さん、一緒に行って頂けませんか。なにしろ、白木屋は我々のような奉行所の役人を、ひどく毛嫌いしていますので……」

翌日、東吾は畝源三郎に同行して白木屋へ行った。

まず呼んでもらったのは、神林家へ出入りをしている忠兵衛という手代で、治兵衛について少々、訊ねたいと取り次がせると、やがて、店の二階にある小部屋へ案内された。

「手前は岩田新左衛門と申しまして、後見役をして居ります」

つまり、治兵衛が退勤したあと、彼の職を受け継いだといった。

「何分にも、治兵衛は先月で当店を辞《や》めて居ります。もはや、かかわり合いはあらしまへんので……」

治兵衛が行方不明なのを承知の上で、冷淡な口ぶりである。

「別に白木屋に厄介をかけようと思ってやって来たのではない。ただなにかの手がかりになるかも知れないので、治兵衛の人柄や家族について、教えてもらいたいと思って参ったのだ」

東吾にきっぱりいわれて、新左衛門は不承不承うなずいた。

「治兵衛は本年五十五歳まで白木屋に奉公していたわけだが、それにはなにか理由があったのか」

「いえ、別に……」

「奉公人の多くは二十年そこそこで退勤と聞いているが……」

「いちがいには、そうもいえしまへん。役付になりまして二十三年以上、御奉公いたした者には、退勤の折、五十両の恩賞金が出ますので、それをたのしみに勤める者もございますし……」

ただ、能力のない者がずるずると勤めるのは出来ない相談で、

「普通は二十年そこそこで、お店のほうからお暇をすすめられますよって……」

「治兵衛は四十五年も奉公したこと故、その恩賞金とやらを受けたのだろうな」

「それはもう……治兵衛は支配役から後見役まで勤めた者でございますし、京の本店のお覚えもめでたく、退勤に際しましては、給金の他に百両の恩賞金を頂戴して居ります」

「百両か……」

「その他にも給金からの積立やら、御本店からの御祝儀やらで、その倍以上のものは……」

退勤に際して、治兵衛の懐中に入った金は三百両に近い筈だといった。

「もう一つ、治兵衛は以前、妻帯したことがあるように聞いたが……」

新左衛門が少しばかり眉をひそめた。

「たしかに、今から二十年ほど前に、店を辞めるということがございましたが……妻帯したのはその時のことで、ただ、二年ばかりで離縁をし、治兵衛は白木屋に復帰したと声をひそめた。

「本来なら、左様なことは許されしまへん。ただ、治兵衛は馬喰町店の再興に大層、尽力致しまして、京の本店の格別の思し召しで、戻らしてもろうたので……」

白木屋に貢献したものが大きかったので特別に計《はか》ってもらえたのだと強調した。

「治兵衛の道楽は……」

「なんにもあらしまへん。強いていうたら、ここ二、三年、信心のために寺まいりをよく致しよりました」

「六阿弥陀詣でか」

「へえ、休みの日に、朝出て夕方、お店へ戻って参れるのがええいいまして……」

その六阿弥陀詣でに出かけたきり、治兵衛は行方がわからなくなっている。

白木屋を出て、東吾が源三郎に訊いた。

「治兵衛の住いは……」

「深川冬木町です」

白木屋を退勤して新しく買った家ではなく、そこには前から母親と弟の富次郎、妹のおたかが住んでいたと話した。

「母親の所へ同居したのだな」

深川へ行ってみようといい、二人は新大橋のほうへ歩き出した。

三

深川冬木町は仙台堀の南岸で、富岡八幡の裏側になる。

治兵衛の家というのは、冬木町の中でも最も海辺橋に近く、隣は寺であった。

長屋に毛が生えた程度のこぢんまりした一軒家で、名主の平野甚四郎の家作だという。

昨日の町廻りの帰りしなに取り決めておいたと源三郎がいったが、海辺橋の袂《たもと》には長助が待っていて、一緒に冬木町へ向った。

治兵衛の消息は、まだ、わからないとのことで、

「富次郎とおたかは、昨日も六阿弥陀をぐるっと廻って、治兵衛を探したそうですが、今日も、これから出かけようといっているところです」

と長助がいった。

家へ行ってみると、上りかまちに草鞋《わらじ》の用意が出来ていて、奥で女がけたたましく叱りつける声がした。

「しっかりしてくれなけりゃ困りますよ。兄さんが居なくなっちまって、いったい、誰

がこれからおっ母さんの面倒をみるんです」

長助が格子戸を開けると土間に続く部屋が見渡せた。

部屋のまん中に、七十すぎと思われる老婆が飯櫃《めしびつ》を両手に抱えてすわり込んでいる。その前にいた女が長助達のほうへやって来た。娘のような髪の結い方をし、着ているものも派手だが、顔をみると四十近い大年増とわかる。それが、治兵衛の妹のおたかであった。

「どうかしたのかい」

と訊いた長助へ、とってつけたような笑顔で、

「いえ、兄さんが帰って来なくなっちまって、おっ母さん、ぼけちまったみたいなんですよ。いくら御膳を食べても、おまんまはまだか、まだかいいまして……」

長助の背後にいる畝源三郎と東吾を不安そうにのぞいた。

「富次郎はどうした」

源三郎が訊き、おたかは、

「笠を買いに行きましたよ。昨日、風で笠を吹きとばされてしまったとかで……」

と答えた。たしかに、この日ざしでは笠なしで六阿弥陀めぐりは出来ない。

「治兵衛の生国《しょうごく》は、どこだ」

おっとりと東吾が上りかまちに腰を下しながらいった。

「生まれ故郷だ。白木屋の奉公人はみんな西の方から奉公に来るんだろう」

「大垣の在です」

それがなんだという顔をする。

「すると、お前達も大垣か」

「へえ」

「いつ、江戸へ出て来たんだ」

おたかが、ちょっと考えた。

「兄さんが馬喰町の店にいた時だから、多分、三十年近く前です」

「成程、それで上方弁が消えちまったのか」

東吾の言葉でおたかは安心したように笑った。

「在所の言葉なんぞ、江戸へ出て来て一年ばかりで忘れましたよ。白木屋の奉公人が上方弁を使うのは、商売用さ。それも、お江戸風の上方弁でね」

東吾の傍へ来て、べったりすわったのをみると、かなり化粧が濃い。

「お前、まだ嫁入り前か」

「そうですよ。おっ母さんの面倒みるんで嫁《ゆ》きそびれてさ」

「治兵衛は白木屋の馬喰町の店で働いていたことがあったのか」

ひょいひょいと質問をとばすのが、東吾のやり口だと、源三郎は安心してひかえていた。

相手を安心させて、こっちの訊きたいことを誘い出すのは、東吾のお手のものである。

「馬喰町の店が左前になって、京の本店からえらい人が来て、それで兄さんは日本橋の手代の中からえらばれて、馬喰町へ行ったんですよ」

要するに、商売がうまく行かなくなった支店の建て直しに日本橋店から参加したということであった。それだけ、商売熱心の腕を買われたに違いない。

「お前達は、なんだって大垣から江戸へ出て来たんだ」

「お父つぁんが死んだからですよ」

いわゆる水呑百姓で、地主の小作人だといった。

「食って行けねえから、兄さんを頼って出て来たのさ」

言葉遣いが、だんだん荒っぽくなった。

「富次郎が、父親の代りに働けばいいではないか」

「富兄さんは百姓が嫌いでね。体が丈夫じゃないから、なにをしても長続きしない」

「体が弱いんじゃなくて、怠け者なんだろう」

東吾がいうと、おたかはげらげら笑い出した。どうも、治兵衛が行方不明だというのに、緊迫した雰囲気が、この家にはない。

そこへ富次郎が笠を持って帰って来た。

それをみて、東吾がいった。

「今日も六阿弥陀を廻ってみるなら、俺達も一緒に行こう」

富次郎は、いささかあっけにとられた様子ではあったが、

「どうも御厄介をおかけ申します」

と神妙であった。

慌てて、長助が三人分の笠の調達に行く。

「治兵衛は、いつも、どんなふうに廻っていたんだ」

東吾が訊ね、富次郎は仏壇から折りたたんだ一枚の紙片を出して来た。

「これに、詣でる順が書いてございます。兄は、出かける時、これを仏壇に上げておがんで行きましたんで……」

振り出しは、亀戸村の常光寺であった。

次が延命寺、西福寺、無量寺、与楽寺、長福寺の順である。

「白木屋に奉公していた時も、この順だったのか」

「そのように申して居りました」

笠を買って戻って来た長助にみせると、それがごく一般の六阿弥陀めぐりの順序だといった。

男ばかり四人が冬木町を出て仙台堀に沿って東へ下り、亀久橋を渡って仙台堀の対岸の道を崎川橋へ出る。そこで仙台堀は横川と交差するので、今度は横川に沿って深川を抜け、本所に入る。

「ところで、治兵衛は白木屋を辞めたあと、ずっとお前さん達と冬木町の家で暮す気だったのか」

歩きながら、東吾が富次郎と肩を並べるようにして訊いた。

「白木屋で聞いたんだが、治兵衛は退勤の時、三百両近くの金を手にしたそうだ。当分は長年の疲れやすめにぶらぶらするとしても、いずれは、小商いでもやりたいといっていたそうだが……」

富次郎が歩きながら頭を下げた。

「手前は、なにも聞いて居りませんので……」

「兄弟で、なにかやろうという話はなかったのか」

「手前は病身で、兄は頼りにしてくれません」

業平橋の袂まで来て、横川を渡った。

その先は百姓地で押上村、柳島村と続く。

常光寺は荒川の川っぷちにあった。

隣が香取明神の境内で、そのどちらにも参詣人の姿がある。

「次が、ちょいと大変でございます」

長助が草鞋の紐を結び直していった。

綾瀬川沿いに梅若塚のある木母寺《もくぼ》の近くへ出て、そこから渡しで大川を横切って橋場へ上った。真崎《まつさき》稲荷の脇の道を小塚原《こつかっぱら》のふちへ抜けて千住大橋を渡る。

大川はここからゆったりと蛇行して豊島村へ入る。

「その……お上はどのようにお思いなさるか知れませんが……」

先刻からしきりに考えていたような富次郎が、ためらいがちに話し出したのは西新井大師が近づいて来てであった。

「兄は六阿弥陀詣でにかこつけて、女に会っていたようでございます」

「女……」

「おなみさんと申しまして、兄の離縁した女房でございます」

話し出すまでは口が重かったが、いざ喋り出すと滑らかな調子で、

「実を申しますと、兄が白木屋から暇を取って冬木町の家へ参りまして、すぐに六阿弥陀詣でに出かけます時、手前も一緒に連れて行ってくれと申しました」

信心というより、世間の流行なので自分も行ってみたいと思っていたからだと、とってつけたように笑う。

「兄は、最初、迷惑そうでしたが、結局、一緒に出かけました」

沼田村の延命寺にお詣りをして近くの茶店で弁当をつかった時、そこで働いている女と治兵衛の間に、なんとなくぎごちないような様子があって、

「なんだろうと、女をつくづく眺めて気がつきました。それが、兄の別れた女房のおなみさんだったのでございます」

治兵衛は富次郎になにも告げず、富次郎のほうも気がつかない素振りをして茶店を出、大川を舟で渡って豊島村の西福寺へ向った。

「ですが、兄の六阿弥陀めぐりは、おなみさんに会う口実だったということが、それで

わかったようなもので……」

だから、治兵衛が一昨日、六阿弥陀詣でに行くといって出かけ、夜になって帰って来なかった時も、ひょっとすると、おなみの所へ泊ったのではないかと考えたという。

「お袋がさわぎ立てて、お上に御厄介をおかけすることになりましたが、手前は昨日、一人で沼田村へ様子をみに参りました」

おなみに会って訊いてみたが、昨日は来ていないという返事であった。

「どうにも合点が参りませんので、今日、もう一度、おなみさんを問いつめてみようかと存じます」

延命寺がみえて来た。

茶店がある。

入って来た富次郎をみて、奥から女が出て来た。ぽつぽつ四十だろうか、百姓女のような地味な身なりだが、如何にも気だての良さそうな印象である。

富次郎が横柄な口調で女を詰問し、おなみが青ざめた顔で富次郎とあとの男三人を見廻すようにした。

「なんとおっしゃられましても、私は治兵衛さんをかくまってなぞ居りません。一昨日は本当にお出でなさらなかったのです。嘘だとお思いなら、どうぞ私共の家へお出でになって家探しでもなんでもして下さいまし」

女の剣幕に、源三郎がどうしたものかと東吾の顔をみると、当然といった様子で女のあとをついて行く。

おなみの家は沼田村の百姓家であった。

小走りにかけ戻って来たおなみを迎えて、庭にいた老夫婦と十八、九歳の若者が、あとから来る男達にきびしい目をむけた。

「兄さんを出してくれ。いくら別れた女房が恋しいか知らないが、年とったお袋を俺達に押しつけて、自分ばかり、いい思いをしようというのは虫がよすぎる……」

富次郎がどなり、おなみを背にかばった老爺が塩辛声でいい返した。

「治兵衛なんぞ知らん。二十年も前に縁を切った者が今更、なにをいって来ようとおなみは、相手にもせんぞ」

東吾がすっと二人の間に入った。

「そうか、治兵衛はおなみさんに復縁してもらいたいといって来たのか」

おなみが唇をふるわせた。

「お断り申しました」

「断ったのはいつだ」

「先月の終りにおみえになった時です。そのあと、そちらの富次郎さんと一緒に延命寺へ来られたのは知っていますが、それっきり、お目にかかっていません」

「そうか」

あっさり東吾が背をむけたので、富次郎が慌てた。

「こいつらに違いありませんよ。兄さんが白木屋から大金をもらったのを知って、うまいこといって取り上げたんです。その証拠に、兄さんが居なくなってから家中、探してみたが、仏壇に十両の金包がおいてあっただけで、あとは一文もみつからなかったんですから……」

「なにをぬかす」

老人が鍬《くわ》を持って、富次郎になぐりかかり、それを老母と娘がとめた。富次郎は青くなって逃げ出している。

東吾はおなみへ優しい目をむけた。

「その子は、治兵衛の子か」

やはり薪雑把《まきざっぽう》を摑んで東吾をにらみつけている若者を指した。

おなみがそっとうなずいた。

「お前、治兵衛をどう思う」

若者が泣きそうな声で叫んだ。

「知らねえやい。あんな奴、父ちゃんでもなんでもねえ。俺の父ちゃんは祖父《じい》ちゃんだ」

「そうだろうなあ」

ふっと微笑して、今度は本当に背をむけて歩き出した。

「あいつらの仕業《しわざ》ですよ。兄さんはひょっとするとあいつらに殺されて、金をとられたんじゃありませんか」

床下を調べてくれの、川筋を探してもらいたいのなどと、富次郎はわめき続けたが、東吾は勿論、源三郎も長助も相手にしない。

大川を舟で帰るという富次郎とは豊島村で別れ、東吾達は日暮里から下谷へ出て、八丁堀へ帰った。

四

治兵衛の消息はそれっきり知れなかった。

十日ばかりが過ぎて、長助が「かわせみ」へ知らせて来たのによると、治兵衛が残して行った十両の金を、富次郎とおたかが二人で分けて、夜逃げをしたらしいという。

「ひでえ奴らですよ。半ぼけのお袋を置き去りにしたんですから……」

捨ててもおけないので、母親の面倒は町内の者が交替でみてやっていると、長助は頭から湯気を立てて怒っている。

「今まで、何十年も兄貴の厄介になって暮して来たんですから、その兄貴がいなくなったら、手前《てめえ》らでお袋の面倒をみるくらい当り前じゃござんせんか。それを、十両の金まで持って行くとは、人間のやることじゃございませんよ」

二人が夜逃げをしたあとで、深川では案外、富次郎とおたかが治兵衛を殺して金を盗んだのではないかという噂も出ているらしい。

「本当に、治兵衛さん、どこへ行っちまったのか、御無事ならいいけれど……」

るいも折に触れ、気にしていたが、それから一カ月ほどして、豊島村の名主の吉川藤左衛門という老人が、おなみとその息子の清太郎を伴って「かわせみ」へやって来た。

「いつぞや、おなみの家へお出でなさった若先生とおっしゃるお方にお目にかかりたいと存じまして……」

畝源三郎を訪ねて行ったところ、大川端の「かわせみ」で待つようにといわれたという。

心得て、るいが空いている客間へ案内し、茶菓子などを出したところに、畝源三郎と東吾がやって来た。

「なにからお話し申してよいか……」

藤左衛門は、言葉に迷ったが、

「手前が治兵衛さんと知り合いましたのは、豊島村の西福寺でございます」

やはり六阿弥陀の一寺で、延命寺とは川をへだてた対岸にある。

「たまたま、境内でお詣りなさった治兵衛さんと挨拶をかわし、手前が六阿弥陀の由来などをお話し申したのがきっかけになりました」

その後、二、三度、手土産などを持って藤左衛門の家へ訪ねて来たのだが、

「ちょうど先月のはじめでもございましたか、二百両の金をお持ちになって、それで買えるだけの田地、畑地を買ってもらいたいと申されました」

白木屋を退勤したことは知っていたので、百姓でもするのかと訊ねると、

「はじめて、おなみさんのこと、清太郎さんのことを打ちあけてくれました」

縁あって夫婦になり、子まで成しながら、別れることになったのは、自分に意気地がなかったからで、今更、後悔してもはじまらない。この年齢になって大金を手にしても、自分の一生はいったい、なんだったのかと治兵衛は藤左衛門に涙を浮べて語ったという。

「せめて、悴さんに田畑を残してやりたい。田畑を持たない小作人のつらさはよく知っている。我が子には、その思いをさせたくないといわれまして……手前もついもらい泣きを致しまして、治兵衛さんのおたのみを引受けましてございます」

豊島村の近所を訊いて廻り、ちょうど手放してもいいという田畑がみつかって、それを買い取り、治兵衛の註文通り、その土地の名義人を清太郎にした。

「その証書を治兵衛さんにみせますと大層な喜び方で、これで思い残すことはないから、近々、西国《さいごく》巡礼の旅に出る。ついては自分がいなくなってさわぎになっても、すぐに事情を人に話さないでくれ。又、一カ月が過ぎるまでは、おなみさんにも清太郎さんにも黙っていてもらいたいと強く念を押されました」

その、治兵衛との約束の期限が切れたので、まずおなみに話をし、あずかっていた田畑の譲渡証を渡したところ、おなみが逆上してしまい、どうしていいかわからないといい出したので、

「ここは一つ、御厄介をおかけ申した皆様にお助け頂きたいと思って参上致しました」

といった。

「成程なあ」

東吾がつくづく譲渡証を眺めて呟いた。

「治兵衛が行方をくらましたのは、おなみさんにふられたせいだとまでは見当をつけていたが、こんな親心があったとは気がつかなかった」

治兵衛の心を素直に受けてやれと東吾はおなみにいった。

「ついでに訊くが、お前達はどうして別れたんだ」

おなみは体をすくめるようにし、小さな声で答えた。

治兵衛と夫婦になるきっかけは、白木屋の本店の大番頭のはからいだったという。

「その時分、私は日本橋の白木屋へ女中奉公をして居りました」

勿論、白木屋で働いている治兵衛とは顔みしりだったが、

「口をきいたことさえ、ありませんでした」

ただ、女中達の間で治兵衛の話が出て、大垣から母親や弟妹が治兵衛を頼って出て来ていて苦労をしているといった噂を耳にした時は、心から気の毒だと同情し、治兵衛という男を意識するようになったと恥かしそうに告げた。

たまたま、治兵衛は馬喰町店の再建の功績を認められ、治兵衛を可愛がってくれている大番頭が、この際、暇を取って自分で店を持てば、親兄弟とも一緒に暮せるし、日銭も入って来るからと勧めてくれ、白木屋本店から少々の金は融通してもらえるように口

をきいてくれた。

「その折に一人立ちするからには女房がいたほうがよいと、大番頭さんが私との縁組をまとめて下さいましたのです」

それまではよかったのだが、さて店を持つにしても準備があるからと、とりあえず冬木町の家に同居して、おなみは姑と小姑からいいようにいびられた。

「お恥かしくて、その当時のことは申し上げられません。ただ、或る日、気がついたら、生まれて間もない清太郎を抱いて、夢中で実家へ帰っていました」

痩せこけて乳も出なくなっている娘と、泣き声も心細い孫の姿をみて、おなみの父は治兵衛にかけ合い、離縁状を取った。

「あの人は、父の申し出に、なにもいわず、三行半《みくだりはん》を書いたそうです。清太郎をうちのほうでひき取るということにも苦情はいいませんでした」

離縁が決ったあとで、白木屋の大番頭が三十両の金を届けてくれた。

「あの人が給金の前借りをしたのだとききました」

それっきり、縁が切れて、治兵衛が独立するのをやめて、白木屋へ戻ったことは知っていたが、会うことはなかった。

「二年前に、六阿弥陀詣でに来たあの人とばったり会いまして……。それからはよく六阿弥陀詣でだといっては茶店に立ち寄るようになりました」

いよいよ、白木屋を退勤すると決って、治兵衛はおなみに復縁を申し入れた。

「弟と妹は別居させるが、おっ母さんの面倒だけはみてもらえないかといわれました。もう年をとって、昔のような嫁いびりは出来もしないだろうし、させもしないといってくれましたけれど……やっぱり気持のふん切りがつきませんで……」

おなみのほうも、年老いた両親がいる。

「清太郎を可愛がってくれています。もし、私達がいなくなったら、二人の親がどんなに気落ちするだろうと思うと……とても……」

ほろほろとおなみは涙を膝にふり落した。

「あたしが間違っていたんでしょうか。自分のことばかり考えて……」

「それでいいんだ」

東吾もしんみりといった。

「あんたのしたことは間違いじゃない。自分勝手といえば、治兵衛だってそうだったんだから……」

万事、治兵衛が藤左衛門に頼んだ通りにしてやるが良いといった。

「そうでもないと、治兵衛はなんのために一生、働き続けたか知れやしない」

「いつか、西国巡礼を終えて、あの人が江戸へ帰って来る日があるでしょうか」

おなみがいい、東吾が少しばかり声をきびしくした。

「治兵衛が帰って来たら、復縁してやるつもりなのか」

二百両の金で田畑を買ってもらったからかと、あからさまにいったわけではなかったが、おなみは身をふるわせて号泣し、東吾はよけいなことをいってしまったと後悔した。

そして又、半月。

おなみが、治兵衛の母親をひき取って行ったことを長助が知らせて来た。

「大変ですよ。とにかく、ぼけちまって、なにをいっても食うことばかりなんで……」

一日中、大飯を食っては高いびきで寝ている婆さんだという。

「その中、六阿弥陀詣でに行ってみないか」

延命寺の近くの、おなみの家をそっとのぞいてやりたい、と、東吾はるいを誘った。

「秋の六阿弥陀詣でなんて洒落てるじゃないか。ついでに、なにか御利益もあるだろうし……」

るいは返事をしないで、首だけすくめてみせた。

時雨降《しぐれふ》る夜《よる》

一

るいが、その家族をみたのは、寂々斎楓月の古稀を祝う茶会でであった。

木挽《こびき》町に住む、茶の湯の宗匠、寂々斎楓月にるいは娘の頃、茶道を学んだことがあって、八丁堀の同心の娘から大川端の「かわせみ」の女主人と身分が変ってからも、折々には顔を出し、盆暮の挨拶も怠らなかった。

で、寂々斎のほうから、当日、水屋《みずや》を手伝ってもらいたいと依頼されて、快く、出かけて行ったものである。

招かれた客は多かった。

寂々斎の娘が、千代田城大奥へ奉公していて羽振りのよいところから、寂々斎の門弟には武家の息女や、富豪の娘も少くないので、茶会は華やかになった。

茶室は勿論、それに続く遠州風の美しい庭園にしつらえた茶席には、いつも客が絶えることなく、それだけに、水屋の忙しさはひとしおであった。

およそ、茶会で大切なのは、客の前で茶をたてる者よりも、裏の水屋を取りしきる者だといわれる。水屋が手ぎわよく動いていないと、点前《てまえ》をする者が恥をかく。

寂々斎が、るいを指名したのは、その意味であって、実際、水屋のるいは師匠の期待に応えて、いきいきと立ち働いていた。

その水屋で、るいと一緒に裏方をつとめていた寂々斎の門弟が、

「まあ、なんと見事な……」

と感嘆したのが、当日の菓子であった。

打菓子は秋の七草を各々、繊細に象《かたど》ったもので、色も形も美しいが、口に含むと舌の上で柔らかに融け、程よい甘みとほのかな香がなんともいえない。

練り物のほうは「萩の露」と名付けられたもので、葛《くず》の中に、萩の花を思わせる小豆を鏤《ちりば》めた、これもみて美しく、味わって雅《みや》びな逸品である。

「芝和泉町の鯉屋《こいや》織部《おりべ》と申す京菓子屋で作らせたものでございますよ。そちらのお内儀が寂々斎先生の高弟でいらっしゃるとか、今日も悴《せがれ》さん夫婦とお手伝いにみえていますす」

るいと同門で、やはり八丁堀育ちのお美津というのが、そっと教えてくれた。

鯉屋の内儀というのは、まだ四十そこそこだろう、如何にも京美人といった細面《ほそおもて》で、

眉を落し、鉄漿《かね》をつけた口許が上品な、いい女ぶりであった。

水屋で茶をたて、外の茶席へ運ばせているのだが、点前もしっかりしていて、風格を感じさせる。

その息子は、一昨年鯉屋を継いで、三代目織部を名乗り、京から嫁を迎えたというのだが、二十五、六にしては落ちついた物腰の、女にしてもよいような優しい顔付をしている。彼も裏方で茶をたてていたが、母親によく似た品のよい点前である。

母親と息子の呼吸がよく合っているのにくらべて、息子の嫁はややあがっているようであった。年齢が若いせいもあって、こうした茶会に気おくれしているのか、馴れないので勝手がわからないのか、狭い水屋に彼女が入ってくると、どうも邪魔になる。立居振舞にも心くばりがなくて、他人の着物の裾を踏んでしまったり、人にぶつかったりしても、すぐには詫びの言葉も出ない有様であった。

で、その都度、まわりに頭を下げるのは、姑のお内儀であり、夫の若主人であった。るいが、それとなくみていると、その若い嫁は不器用な上に、性こりもないところがあって、自分が水屋の人々の迷惑になっていることに全く、気がついて居らず、姑が暗に、

「おきみは、お庭のほうに出て、お客様の御案内などをなさい」

と教えても、やっぱり水屋の中で愚図愚図している。一つには、大勢の客の前に出て行く勇気がないのだろうと、るいは他人事ながら、かわいそうに思った。

たまに口を開くと、京言葉で、それがまわりにいる江戸の人間に違和感を与える。

ともあれ、茶会はつつがなく終り、るいは大川端へ帰ったのだったが、翌日、寂々斎の礼状と菓子包を届けに来た内弟子の話では、

「鯉屋の若嫁のおきみという人が、先生の御秘蔵の唐津の水差しの蓋を取り落して割ってしまいましてね。先生はなにもおっしゃらなかったけれど、鯉屋のお内儀も若主人もお詫びの言葉もないといった有様で……まあ、京からお嫁に来たというにしては、随分、がさつな人だと、私達も驚きましたよ」

といったさわぎがあったらしい。

寂々斎の礼状に添えてあった菓子は、昨日と同じ鯉屋の饅頭で、鯉屋の若嫁の失態はともかく、饅頭のほうは風味豊かなものであった。

たまたま、東吾がふらりと「かわせみ」へやって来て、早速、るいの部屋でその饅頭が出た。

「こいつは、方斎先生がお気に入りそうだな」

芝和泉町なら狸穴《まみあな》へ出かける時に、ちょっと寄り道をして、手土産に買って行こうと東吾がいう。

「でしたら、忘れずに練り物のほうもお買いになっていらっしゃると……おとせさんのお茶で一服なさる時によろしゅうございますよ」

茶会の練り物があまり見事な出来だったので、ついいったことだったが、皮肉には聞

えなかったかと、るいはあとから心配したが、東吾はなんとも感じなかったらしく、

「そいつは、狸穴の帰りに買って来て、兄上を喜ばせてさし上げるか」

二つ目の饅頭を取り上げる。

「このお饅頭は、うちのお客様にもいいんじゃありませんか」

といい出したのはお吉で、「かわせみ」では、客が到着すると、まず座敷に案内してから、お茶と菓子を出す。旅の疲れには甘いものがけっこう喜ばれるのだが、

「この節のお客様は舌が肥えていらっしゃいますから、この辺の饅頭じゃ道中の茶店のと変りませんでしょう。流石《さすが》、お江戸だってものをお出ししてびっくりさせなけりゃ……」

それには、このくらい上品で洒落たのでないと、とお吉ががんばって、数日後、るいはお吉を伴って芝和泉町の鯉屋まで出かけた。

店がまえからして、如何にも京風な造りで、入口も暖簾《のれん》ではなく、格子のはまった引戸の前に、鯉が二匹、巴《ともえ》になった紋を染め出した白い幕が下してある。

店には番頭、手代と共に若主人の織部が客の応対をしている。

入って来たるいをみて、若主人が腰を上げた。

「これは、御遠方をようこそ……」

茶会の時、挨拶をしたので、顔をおぼえていたものとみえ、すぐ座布団を勧めた。

「実は私共、大川端で小さな宿をいとなんで居ります。つきましては、お宅様のお饅頭

を手前共へお着きなさるお客様へお出し出来ないものかと存じまして……」

るいの申し出に、若主人は喜んだ。

「そのようにお気に入って頂いて、まことにありがとう存じます。饅頭のことで、そう日保《ひも》ちは致しません。毎日の数がおわかりでございましたら、いくつでもお届け申します」

京橋、日本橋にも毎日、配達するところがあって、

「どっちみち、お近くまで参りますので……」

と親切であった。

「たいした数でもございませんのに、申しわけございませんが……」

「いえ、手前共にとりましては、一個でも二個でも、大事なお得意様でございます」

奥から内儀が、茶を運んで来た。

「おっ母様、こちらは大川端のかわせみのお内儀《かみ》さんでございます。手前共へ毎日のお菓子の御註文を頂きました」

若主人がいい、お内儀がしっとりと両手をついた。

「それは、お気に召して頂いて嬉しいことでございます。何卒《なにとぞ》、末長く、お引立て頂けますよう……」

小豆色の単衣《ひとえ》の小紋が、今日も見事な着こなしであった。

「あのお内儀さん、随分、若くみえますねえ。とても、嫁取りをした倅さんのいるよう

なお年にはみえませんよ」

帰り道に、お吉はしきりに感心していたが、翌日から鯉屋の手代が饅頭を届けに来るようになると、忽《たちま》ち心やすくなって、なんだかんだと訊き出したらしく、

「鯉屋のお内儀さん、ちょうど四十だそうですがね、十年も前に先代の織部さんが歿《なくな》って、ずっと後家さんですって……」

というのからはじまって、

「今の若主人の織部さんってのは、歿った旦那の甥《おい》っ子で、十二の年で養子に来たそうですよ。若いのによく出来た人で、何事によらず、おっ母様、おっ母様といって、お内儀さんをたてなさる。一昨年もらったお嫁さんだって、お内儀さんの遠縁に当る人を、見合もしないで、おっ母様のおめがねにかなった人ならって二つ返事で祝言を上げたそうです」

とべらべら報告した。

「それにしても、お内儀さん……お由良さんっていいなさるそうですが、茶の湯は勿論、俳諧のたしなみもおありなさる、筆はよくお書きなさるし、お琴や三味線もお上手なんだそうで……そのお内儀さんが悴の嫁にえらんだにしては、おきみさんって人は、なにやらせてもぶきっちょで、お内儀さんが根気よく教えてなさるが、未だにお茶のお点前一つ、まともに出来ないそうですよ」

お吉の話を聞いていた番頭の嘉助が傍から口をはさんだ。

「夫婦仲はどうなんだね。若主人とそのおきみさんと……」

「若主人がいい人ですからね。京から江戸へ嫁にくれば、なにかにつけて勝手がわからず、しくじることも多い。馴れるまでの辛抱だって、お嫁さんを慰めていなさるそうです」

毎日のように、茶碗を割るのは、なにも京から江戸へ出て来たせいではなかろうと、お吉は憎まれ口をきいている。

「でも、おきみさんって人も、みたところ、おとなしそうな、いいお嫁さんでしたよ。まだ若いんだし、その中《うち》、だんだんと江戸の水になじんで、立派なお内儀さんになるでしょう」

るいは、そんなふうにいって、お吉の口を封じたが、その月が終って、十月のはじめに突然、「かわせみ」の前に駕籠がとまって、慌しく、店へ入ってきたのが、鯉屋の若嫁のおきみであった。

「こちらさんに、京の喜田川はんの若旦さんがお泊りやときいて参じましたんやけど……」

帳場にいた嘉助は、彼女が鯉屋のおきみとは知らずに訊いた。

「喜田川さんの信之助さんは、たしかに手前共へお泊りでございますが、そちらさまは」

「おきみといって下されば、わかります。早う取り次いで下さい」

今にも、座敷へかけ上りそうな剣幕なので、嘉助は女中に声をかけ、信之助を呼びにやらせた。

二階から、その信之助が下りて来て、

「おきみちゃんやないか」

「信之助はん、逢いとおした」

あっという間に二人が抱き合うようにして、

「えらいすんまへん。この人、あての親類に当る人ですねん。ちょっと、あがらしてもらいます」

信之助が嘉助にことわって、おきみを二階の自分の部屋へ案内した。

嘉助がお吉にその旨をいい、お吉が茶と饅頭を二人分、お盆にのせて、二階の梅の間へ行ってみると、信之助とおきみはまるで子供のように膝を突き合せ、きゃっきゃっと笑い声を立てながら話していたが、

「あら、いやや、このお饅《まん》、うちとこのやないの」

とおきみがいったので、

「いいえ、これは芝和泉町の鯉屋さんの……」

といいかけると、信之助が、

「この人、鯉屋さんのお嫁さんですよって」

と説明したという。

「なんだか、へんてこりんな感じでしたよ。そりゃまあ、京から嫁に来て、久しぶりに京の親類に会って、なつかしいってのはわかりますけど、仮にも鯉屋のお嫁さんが、亭主でもない男と犬っころみたいにじゃれ合ってるのは、あんまり、みっともいいものじゃございませんがね」

お吉が眉をひそめて、るいの部屋へいいに来た。

信之助という客は、京の喜田川という染屋《そめや》の倅で、年に一、二度、商売で江戸へ出て来る。これまで、おきみが訪ねて来た例《ため》しはなかった。

「いったい、どういうことなんでございましょうねえ」

なまじ、鯉屋とつきあいがあるだけに、嘉助は当惑げに呟いたが、さりとて、どうすることも出来ない。

やがて、夕餉《ゆうげ》どきになって、再び、信之助だけが下りて来た。

「まことに申しかねますが、おきみさんが久しぶりのことで話も尽きない故、飯も一緒にというて居りますので……」

二人分の食事を用意してもらえないかという。

「そりゃ、うちはかまいませんが、あちらさまは遅くなってもよろしいのでございますか」

思い切って、るいが訊くと、

「へえ、ちゃんと、お姑さんに許しをもろうて来たというて居りますよってに……」

信之助の返事であった。

さらばと、お吉が二人前の御膳を運んで行くと、酒の註文があって、それも二本から五本、七本とその都度、二階から手が鳴る。

「うちは飲み屋じゃないんですから……」

文句をいいながらも、お吉は自分でお銚子を運んでいたが、

「どうしましょう、番頭さん、二人ともぐでんぐでんで腰が立たなくなっているんです」

うんざりした顔でいいに来た。

嘉助が梅の間へ行ってみると、信之助のほうは鼾《いびき》をかいて居り、おきみは呂律《ろれつ》のまわらない声で、しきりにどなっている。

「とにかく、芝へ帰しましょう」

駕籠を呼び、海月《くらげ》のようなおきみを二人がかりで階下へ運んで乗せた。

「手前が送って参ります」

間違いがあっては、と嘉助は駕籠脇について芝まで行ったのだが、帰って来て、

「鯉屋さんでは、おきみさんが手前共へお出かけになったのを、どなたも御存じではなかったようで……」

いったい、どこへ行ったのかと、姑のお由良が番頭や手代を思いつく限りの所へ走らせて、おきみの行方を探していたところだったという。

たが……」

「なまじっか、作り話をしても如何かと存じまして、ありのままに申し上げて参りまし

和泉町の店へついても、おきみはまだ正体がなく、姑が抱くようにして奥へつれて行った。

「どうやら、若主人の織部様がお留守のような按配でして……」

あまり立ち入らないようにして、嘉助は大川端へ戻って来たらしい。

おきみがどうだったかわからないが、信之助のほうは翌日、二日酔で夕方まで起き上ることが出来なかった。

それでも心配して梅干の湯を運んだり、粥を作らせたりしているるいに対して、

「どうも、面目次第もございません。つい、昔なじみの気やすさで話がはずんでしまいまして……、こう申してはなんでございますが、おきみさんは江戸へ嫁に来て、なにかと辛いことが多かったようでして、その鬱憤ばらしと申しますか、ちょいと気晴しがしたかったようでございまして……」

酒を飲みすぎたのは、そのせいだったと弁解した。

「そういうことでございましたら、あちらもまだお若いので致し方もございますまいが、なんといっても、夫のある身でいらっしゃいます。軽はずみをなすっては、あちらのためにもよろしいとは思いません。どうぞ、その点をお気をつけなすって……」

やんわりとるいにたしなめられて、信之助はしょんぼりし、翌日、江戸での用事も済

んだからと早々に出立して行った。

お由良がやって来たのは、更に二日後である。

「かわせみ」の暖簾を入って来た時から、やや昂ぶった表情ではあったが、態度はいつもの落ちついた鯉屋のお内儀であった。

「このたびは、嫁が御厄介をおかけ致し、申しわけもございません。お恥かしいことでございます」

丁重に詫びを述べ、手土産をおいて帰った。

よく出来た姑というのが、「かわせみ」のみんなの一致した意見であった。

「やっぱり、御自分の縁続きからもらったお嫁さんだから、お姑さんとしては、庇《かば》う気持が強いのかも知れませんね」

お吉がいい、嘉助は、

「しかし、まあ、あのよく出来たお姑さんだけに、お嫁さんは窮屈なんじゃありませんかね」

と、うがったことをいった。

美人で、年若くして後家になった才女を姑に持てば、嫁として圧迫を感じないわけにはいくまいと、るいも思う。

寂々斎の茶会の日に、なにをやっても不器用で、終始、おどおどし、更にしくじりを重ねていたおきみを思い出して、るいは今更ながら気の毒になった。

二

十月十日の夜であった。

狸穴から帰って来た東吾が「かわせみ」の暖簾をくぐった時には、まだ降り出していなかった雨が、湯上りに一杯やりはじめた頃から激しくなった。

「若先生は運がよろしゅうございますね。もう半刻も遅かったら、それこそ、ずぶぬれになるところでしたもの」

松茸の焼いたのに、鮑《あわび》の蒸し物、豆腐の田楽と、東吾の好物ばかりを膳にのせて、お吉が嬉しそうにいった時、若い女中が廊下を走って来た。

「あいすみません。鯉屋のおきみさんがお帳場に……、家を追い出されたって泣いています」

るいが立ち上り、東吾も盃をおいた。

帳場へ出てみると、嘉助がおきみの濡れた肩の辺りを手拭で拭いてやっている。

「駕籠で、おみえになったんですが、なにしろ、この降りでございますから……」

おきみは風呂敷包を一つ、抱えていた。青ざめた顔で、しゃくり上げている。るいの顔をみると、

「どうぞ、お宿をおたの申します。うち、行くとこがあらしまへんよって……」

改めてすすり泣きをはじめた。

とりあえず、空いている松の間に案内して、るいと東吾が話を聞くことになったのだが、おきみは逆上していて、到底、筋の通った喋り方は出来そうにない。ただ、

「お姑《かあ》はんが、実家《さと》へ帰れといわはりまして……。新川の鹿島屋さんへ灘《なだ》からの廻船が来るよってに、それで去《い》ねいわれましてん」

たしかに、新川の酒問屋には例年、春先にその年の新酒が船で運ばれて来るが、それとは別に、夏を涼しい蔵で越して一層、味がよくなったものが、次の年の酒の仕込みにかかる前、つまり、ちょうど今時分に、江戸へ送られる。

その戻り船に便乗させてもらって、京へ帰れという意味だとはわかったが、何故、お由良が嫁にそんなことをいい出したのか見当がつかない。

「御主人は……織部さんは、いったい、なんとおっしゃっているのです」

るいが訊き、おきみが泣きすぎて、しゃがれた声で答えた。

「旦さんの、ほんまの親は、加賀の殿さんのお城下にいてはります。お父はんの按配がようないと知らせが来て、見舞に行かはりました」

「留守なのか」

東吾が眉をひそめた。

夫の留守に、姑が嫁に実家へ帰れというのは、容易なことではない。

「なんにしても、今夜はもう遅い。明日、俺達が鯉屋へ行って、よく事情を訊いてみるから、あまり心配しないでやすむがよい」

おきみにいいきかせて、東吾はるいをうながして自分達の部屋へ戻った。

「嫁姑の折り合いの悪いのは、世間に珍しいことではないが、亭主の留守の間に、その女房を追い出すというのは乱暴だな」

るいには、お由良がそんな非常識をする女には思えなかった。

「なにかの間違いではございませんか。お由良さんは茶道のたしなみもあり、分別《ふんべつ》のあるお方のようでございます」

自分の縁戚から嫁に来たというので、おきみにはとりわけ、気を遣っているようにもみえた。

雨の夜更けに、嫁を追い出すとは考えられない。

乗りかかった舟で、翌朝、るいは芝和泉町へ出かけた。東吾は一緒について行ったが、鯉屋の店には入らず、近くに駕籠と共に待っているという。

るいを出迎えたお由良は、いつもと変りがなかったが、おきみが昨夜「かわせみ」へ来たことを告げると、

「まあ、なんということを……」

といったきり、続く言葉がない様子であった。やや暫《しばら》くして、

「それで、おきみは貴方様に、どのようなことを申しましたのか」

と訊き、るいが新川の鹿島屋の船で京の実家へ帰れといわれたという話をすると、急に立ち上って違い棚の手箱の中から一通の文を出して来た。

「恥を忍んで、おみせ申します。これは喜田川の信之助と申す人より、おきみへ来た文でございます」

それは一種の恋文であった。

鯉屋で苦労しているおきみの身が案じられて、京へ帰るにも帰られずにいるが、もし、婚家に辛抱が出来ないようなら、自分はこの月のなかばに新川の鹿島屋から灘へ帰る廻船に便乗して江戸を発つので、一緒に京へ帰らないかと勧めている。

「それでは、信之助さんは、まだ江戸にいるのでございますか」

てっきり、もう京へ戻ったと思っていた。

「どこへ泊っているのかは存じませんが、何度もおきみを呼び出しては、店の近所で話をしているのを奉公人にもみられて居ります。悴の留守に、嫁の不始末でございます。ほとほと困り果てました」

おきみが自分の身内だけに、悴の織部に対しても顔むけがならないとお由良はいった。

「当人が幼なじみに同情されるほど、この家の暮しがつらいというのなら、ともかくも実家へ戻し、織部が帰って来た上でよく談合して、決着をつけたいと存じまして……」

昨夜、おきみにそのことをいいきかせ、人目につかないよう駕籠を呼んで店から出した。

「てっきり、信之助のところへ参ったと思って居りましたのに……」

これから大川端へ行って、おきみと話をするといい、お由良は身仕度をして外へ出た。

待っていた東吾をみると、驚いた表情になったが、町駕籠を連ねて「かわせみ」へ向った。

「おきみの部屋へ参ります。お手数でも御案内下さいまし」

「かわせみ」でも、お由良の物腰は丁重で上品であった。お吉が松の間へ伴って行き、すぐに階段をかけ下りて来た。

「おきみさんが、若先生とお嬢さんの立ち会いでないと話をしないっていってます」

仕方なく東吾とるいが松の間へ行くと、お由良は床の間を背にして端座し、おきみのほうは部屋のすみにへばりついている。

「そんなに離れていては、お話が出来ますまい。こちらへお出でなさいまし」

るいがいっても、おきみはうつむいたきり動こうともしない。たまりかねたようにお由良が口を切った。

「昨夜、あれほど申したのが、どうしてわからないのです。あなたのしていることは、奉公人や御近所の手前、目に余ります。ともかく、実家へお帰りなさい。離別をとって、信之助とやらいう男と夫婦になりたいのなら、織部が加賀から戻って後に、去り状を送って上げましょうから……」

「いやや」

悲鳴のように、おきみが叫んだ。

「うちは、信之助はんと夫婦になるつもりはあらしまへん。旦さんと別れるのはいやどす。鯉屋へおいておくれやす」

「なりません」

穏やかだが、びしっとしたいい方であった。

「ふしだらを仕出かした女子《おなご》を、鯉屋におくことは、許しません。実家へお帰り……」

「うちは、なんもふしだらなことして居りまへん。信之助はんとは、ただ、話をしただけどす」

「よくもしらじらしい。こんな文が来て、それでも鯉屋の嫁といえますか」

「信之助はんの一人合点どす。うちは旦さんと別れる気はあらしまへん」

「あんたのような人を、鯉屋へおくことは出来ません。離縁します。出て行って下さい。織部には私から詫びを申します。あんたを嫁に迎えたのは、私の一生のあやまりでした」

「別れしまへん。旦さんは話せば、わかってくれはります」

「待ちなさい」

東吾が二人を制した。

「双方の言い分はよくわかった。が、なんといっても、おきみは織部の女房だ。離縁するにせよ、しないにせよ、決めるのは亭主なのだから、ここは加賀から織部の帰るのを待って話をつけるのが穏当ではないか」

それまで、おきみは「かわせみ」に滞在して、夫の帰りを待てばよいではないかという東吾の言葉に、おきみは喜んでうなずいた。

「そないさしてもらいます。おおきに、ありがとう存じます」

お由良はいささか不満そうだったが、反論はしなかった。

「たびたび、御迷惑をおかけして申しわけなく存じます」

おきみの宿代は、鯉屋のほうで払うといい、やがて、待たせておいた駕籠で帰って行った。

「どうも、また、厄介を背負い込むことになっちまったな」

二人だけになってから、東吾が肩をすくめ、るいがあでやかに笑った。

「亭主の好きな赤烏帽子《あかえぼし》と申しますのでしょう」

自分からいい出したことなので、東吾は畝源三郎に事情を話し、「かわせみ」のほうでも、二、三日はおきみの様子に注意していたが、まわりが心配するほどおきみは落込んでもいないで、むしろ、「かわせみ」での宿屋暮しをたのしんでいるようなところがみえた。

少し馴れてくると、お吉や女中達に相談しては、深川の富岡八幡へおまいりに行ってみたり、浅草へ出かけたりしている。

鯉屋からは、番頭が「かわせみ」へ饅頭を届けるついでのように、

「お内儀さんから、これをことづかって参りました」

おきみの宿代として、十両ばかりをあずけ、それとは別に、

「おきみさんへ当座の入用としてお渡し下さいまし」

こづかいとして三両をおいて行った。それは、そのまま、るいからおきみに渡してあるので、神まいりや少々の買い物に出かける分には、不自由はない。その上、饅頭を届けに来る手代や小僧が、おきみの着がえや髪の道具なども運んで来る。

「行き届いたお姑さんですね」

と単純なお吉は感心していたが、るいは、松の間の押入れに入りきらないほど、おきみの身の廻りのものが運ばれてくるのをみて、これは、ひょっとするとおきみの嫁入り道具一切を鯉屋から送り出してしまおうというお由良の魂胆ではないかと不安になってくる。

あの夜、「かわせみ」の二階でおきみとやり合ったお由良の言葉には、冷静で穏やかながら、二度とおきみに鯉屋の敷居をまたがせないと決めているような気配があった。

悴の留守に、嫁を追い出したお由良の言い分は、おきみが信之助とふしだらを働いたからというものらしいが、るいの感じとしては、たしかに人妻として軽はずみなところはあったものの、おきみが信之助と怪訝《おか》しな仲になっているとは思えない。

久しぶりに故郷の幼なじみに出会って、愚痴をこぼしたり、甘えたりすることはあっても、それ以上のことはなかったに違いない。

だからこそ、おきみは夫と別れたくないといい、信之助と一緒に京へ戻る気は毛頭ないので、その点は、お由良の誤解だろうと考えられる。

誤解なら、織部が帰って来て、よく話し合えば氷解するだろうと、るいはおきみのために、ひそかに祈っていたのだったが、そんな時、東吾はとんでもないことを源三郎から聞いた。

「四谷の辰の湯と申す湯屋の主人で、お上のお手先をつとめている辰吉というのが知らせて参ったのですが……」

四谷に縁切り榎《えのき》というのがあって、夫婦であれ、親子であれ、縁を切りたいと願う者が願かけに来て、お百度まいりなどをして行くのだが、

「昨夜、辰吉が、その縁切り榎の境内で願かけに来ていた鯉屋のお由良をみたと申すのです」

「なに……」

「無論、辰吉は最初からその女を鯉屋の内儀と知っていたわけではありません」

辰吉はお由良の顔を知らない。

「辰吉がその女に注目したのは、願かけというより丑《うし》の刻まいりのような、いやなものを感じたからだそうですが……」

着物の上から白い浄衣を羽織っているのはまだしも、裸蠟燭を榎の木の根元に立てて、その幹に願文《がんもん》を書いた木札を五寸釘で打ちつけている表情が、さながら悪鬼羅刹《らせつ》というか、

「要するに、般若《はんにゃ》の面《めん》のような顔をしていたというのです」

あまり、凄まじい女の様子に辰吉は好奇心を起して、ひそかに帰って行く女のあとを尾《つ》けたところ、

「途中で辻駕籠を拾いまして、辰吉は意地になって追って行ったそうですが、たどりついた先が芝和泉町の鯉屋の裏口でして……」

女はくぐり戸を自分で開けて内へ入ったという。

「手前は、たまたま、今朝、町廻りで四谷の番屋で、ちょっとした喧嘩の裁きをつけました。その折に、辰吉が昨夜、いやなものをみたというので、訊いてみると鯉屋の名前が出ました」

で、早速、辰吉を伴って芝へ行き、鯉屋の店で饅頭を辰吉に買わせて、お内儀の首実検をさせてみると、間違いなく、昨夜の願かけの女だといった。

「待てよ、源さん。どうして、鯉屋の女が願かけに行ったとわかった時、その女が内儀のお由良だと思ったんだ」

と東吾。

「東吾さんらしくもありませんね。手前は東吾さんから鯉屋の内情を聞いて、すぐにあそこの家のことを、町名主に訊いているんです。鯉屋に住んでいる女はお内儀と女中が一人。おきみさんはかわせみに来ていますからね。とすると、願かけに行ったのは女中かお内儀です。若い女中が一人で夜更けに四谷くんだりまで行くと思いますか。町駕籠に乗るんだって、ただじゃありませんよ」

東吾が笑った。

「源さんの推量が、ぴたりと当ったってことか」

「手前の勘だって、そう馬鹿にしたものじゃありませんよ。何年、町廻りをやっていると思いますか」

「桃栗三年、柿八年、達磨《だるま》は九年で悟りを開いたというからな」

へらず口を叩いてから、東吾が訊いた。

「ところで、源さんは、その昨夜の願かけの現場へ行ってみたのかい」

「これから辰吉と出かけるところです。だから、東吾さんを誘いに来たんですが……」

「わかったよ。源さんの親切には毎度のことながら頭が下るぜ」

連れ立って四谷へ行った。

縁切り榎というのは、かなりの古木であった。傍に小さなお堂があって、格子におみくじなぞがいくつも結んである。

「まあ、大体、縁切りと申しましても、この節は、たちの悪い女郎にひっかかって、さんざっぱら金をしぼり取られ、逃げようにも逃げ切れないなんていうだらしのねえ奴が、女郎と縁を切ろうってんで、おまいりに来る。或いは悴が吉原の女に熱くなって、どうにもしようがねえので、なんとか、榎様に女との縁を切ってもらい申してえなんてのが、願をかけますんで、たいがい、この格子に縁を切ってもらいたい相手の名前を書いた紙なんぞを結びつけて行きますんで……」

昨夜のように、榎の木にものを打ちつけるなんて大仰なのは、みたことがないと辰吉は、まだ気色悪そうにいう。

東吾と源三郎が、その榎の裏側へ廻ってみると、幹に打ち込んであったのは、薄い木片の間に願文らしいのをはさんだもので、五寸釘が上下に二本、深く突きささっている。

辰吉が苦労して、釘を抜き、源三郎が木片の間の願文をひろげた。

おきみ　二十歳

右の者の縁切りお願い申し上げ候

鯉屋内

達筆であった。

「やっぱりなあ」

東吾が呟き、源三郎がうなずいた。

「この分だと、織部が加賀から帰って来ても、おきみの復縁はむずかしいかも知れませんよ」

「よくよく、嫌ったもんだな」

「和泉町の名主がいっていましたよ。あの界隈では、織部にどんな嫁が来ても、まず年も保つまいと……」

「どういうことだ」

「母親は、そりゃ悴を可愛がって育てたそうです。あそこの母子は義理の仲ですからね」

「そいつは下衆《げす》の勘ぐりじゃないのか。仮にも息子を、母親が……」

「ひとまわり以上も年上ですが……」

「大体、息子に甘い母親ほど、嫁いびりが激しいものだそうだ。鯉屋もそうなんだろう」

「母親が息子をくどいたとは思いませんが、誰にも奪われたくない気持は強いでしょうな」

「しかし、おきみはお由良の身内で、縁談を決めたのはお由良自身だそうだぞ」

「だから、女の気持というのは厄介なんじゃありませんか」

お由良の表の顔は、あくまでも物わかりのよい母親で悴の嫁までみつけて来た。が、裏の顔は、

「辰吉の申した般若の面ですよ。織部を誰にもやらぬと嫉妬に狂って縁切り榎に五寸釘を打ち込んでいる。女心とはそうしたものだと思いますが」

「驚いたな、源さんから女の講釈を聞こうとはね」

二人が笑いながら縁切り榎に背をむけると、辰吉が情なさそうな声でいった。

「旦那、こいつはどうします。もう一ぺん、五寸釘で打ちつけますか」

東吾がふりむいて小気味よく命じた。

「冗談じゃねえ。そんなろくでもないもんは、そこらの川へ打っちゃっちまえ」

お由良の願かけのことを、東吾は「かわせみ」で喋らなかった。

一時の気の迷いでお由良があああいうことをしでかしたのなら、知らぬ顔で誰にも話さないのが情だと思うし、ひょっとして、そんなことがおきみの耳に入ってはと要心したからでもある。

三

鯉屋の若主人、織部が江戸へ帰って来たのは、おきみの「かわせみ」滞在が十日をすぎた午後であった。

その夜、芝の鯉屋で義母のお由良からことの次第を聞いたという織部は、翌朝、まだ暗い中に「かわせみ」の大戸を叩いた。

「母が起きない中に出て参ったものですから」

出迎えた嘉助にいい、早速におきみの泊っている松の間へ行った。

二人が帳場へ下りて来たのは、一刻ばかり経ってからであった。

るいはもう起きていて、早立ちのお客の御膳を女中達に運ばせているところだったが、

「恐れ入ります。お手がおすきになりましたら、御挨拶をさせて頂きたいと存じますが……」

と嘉助を通じていって来た織部に、

「よろしかったら、私の部屋へお出でになりませんか」

あとをお吉にまかせて、二人を案内した。

「まず、なにからお礼を申し上げてよいやら……。こちらさまのお情で、おきみが路頭に迷うこともなく、手前の帰りを待つことが出来ました。心から有難く……この通りでございます」

畳に額をすりつけてお辞儀をしてから、織部はるいの部屋へ入った。おきみは神妙にその背後に小さくなっている。

「お礼をおっしゃることはございません。私どもはあなたのお母様から宿賃を頂いて、おきみさんをおあずかりしていただけのことですから……」

るいはさばさばといって、若い二人を眺めた。

「それで、あなた、どうなさいますの」

織部は昨夜、母親からおきみの処置について、お由良の意志を聞かされた筈である。

「正直に申しますと、手前は昨日、母からおきみの話をされまして、すぐにもこちら様へ参ろうかと存じました。ですが、夜も更けて居りましたし、なによりも自分の気持を落ちつかせるのが第一と思い、今朝まで辛抱を致しました」

それがよかったように思うと、織部は一言一言を確かめるように話し出した。

「こちらへ参りまして、おきみの話をききまして、昨夜、母の申したことで、どうも合点が参らなかった点が、はっきり致しました」

おきみが軽はずみに信之助と会ったことはやむを得ないと、織部はいった。

「苦労知らずに育った娘が、京から江戸へ嫁に参ったのでございます。まわりには友達もいなければ、知り合いもない。言葉も違えば、家風も異なります。そんな中で、姑に仕え、手前に気をつかい、奉公人になじもうとするだけでも肩にずっしり重荷を背負ったようなものでございましょう。そんな時に古い知り合いが江戸へ来て、やさしいことの一つもいってくれれば、つい、心の紐がほどけて、愚痴もいい、酒を飲んで、已れを忘れる。男でも左様なことはございます」

自分がそこに居れば、おきみをたしなめ、叱ることが出来たと織部はいう。

「でも、手前は加賀へ行って留守でございました」

おきみをかばってやれなかったのが不運だったが、

「今からでも遅くはございません。おきみの申すのをききまして、信之助というお方とおきみの間にやましいことのなかったのも納得出来ました。手前から母によく話しまして、わかってもらうように致します」

口調はさわやかだったが、声の奥には重いものがあった。それで、るいは思い切って訊ねた。

「お母様にお話をなすって、それでも、おきみさんを実家へ返すといわれたら……。そのようなことはあるまいと存じますが……」

「いえ……」

織部が正面からるいをみつめた。

「おるい様のおっしゃるようなこともあろうかと思って居ります」

おきみが、織部の袂《たもと》の先をそっと握りしめた。それに気がついて、織部がふりむいた。

「心配することはない。話せば、きっと、おわかり下さる」

だが、二人の表情は暗かった。

みかねて、るいがいい出した。

「よけいなことかも知れませんが、どなたか立会人をお頼みなさったら如何でございますか。他人が同席することで、お母様もあなた方の言い分をお聞きなさるかも知れませんん」

「それは手前も考えていました」

織部が膝を進めた。

「ついては、おるい様と御主人様にお立会いを願えませんか」

御主人というのが東吾のことだと気がついて、るいはまっ赤になった。

「私どもは、まだ……」

「やがて御夫婦になられるとうかがって居ります。おきみもお二人ならばと申して居ります。何卒、お願い申し上げます」

その声がまるで八丁堀まで届いたように、ひょっこり東吾が顔を出した。

「兄上の御丹精の菊の懸崖《けんがい》が、うまい具合に咲いてね。一鉢、かわせみへ持って行けといわれたので、御意のかわらぬ中にやって来たんだ」

重そうな菊の鉢を縁側へ置いた。

織部が改めて東吾に頭を下げ、やがて四人で芝和泉町へ出かけることになった。

東吾とるいを前においても、お由良は頑強であった。

「おきみは私の身内です。血縁だけに許すことが出来ません。ふしだらで出来の悪い嫁を、鯉屋の跡継ぎに押しつけたということになっては、歿った主人に顔むけがなりませ
ん」

おきみの不器用なこと、気の廻らなさ、茶道のたしなみのないことなど、一つ一つ数え上げて鯉屋の嫁にはむかないと言い切った。

「その上、世間をさわがせて、鯉屋の暖簾に泥を塗りました。もう、我慢が出来ませ
ん」

おきみも負けていなかった。

「世間をさわがせたんは、お姑はんやないの。たいしたことでもないのに、暇を出すの、縁を切るのといわはって……」

「自分のしでかしたことを、たいしたことではないと思っているのですか」

「やましいことは、なんにもありません」

「盗っ人たけだけしい」

遂に、織部が二人の間に入った。

「おっ母様に申し上げます。女房の不束《ふつつか》は夫のわたしの落度でございます。どうしても、

おきみが許せんとおっしゃるなら、夫婦ともども、お暇をとらねばなりません」

お由良が激しくとり乱した。それは、傍にいたるいが耳をふさぎたくなるような、なまなましい声でもあった。

「そなたに出て行けとはいって居りません。なんで、そなたが出て行く。こんな、出来の悪い女の、どこに惚れて……いってごらん。そなた、長年、育てたわたしの恩を忘れて、親を捨てて行くつもりか」

織部のほうは冷静であった。

「恩知らずといわれるのが、手前には一番、つらいことでございます。けれども、もし、おきみに去り状を渡し、手前がこの店に残りましたら、世間はやはりと耳打ちを致しましょう。手前とおっ母様が、それこそ道ならぬことでもしでかしていたように……、そんな悪名をおっ母様にかぶせたくはございません。手前も汚名は避けとうございます」

お由良があえいだ。

「なにを馬鹿な……。そなたとわたしが汚い間柄などと……、誰がそのような……」

「おっしゃる通りでございます。手前とおっ母様の間にやましいことはなんにもない。そのことを証拠立てるためにも、手前はおきみとお暇を頂くのでございます」

「店をどうするつもりじゃ。鯉屋の暖簾を、どうなさる……」

「おっ母様は、まだお若《わか》うございます。しかるべきお人を聟に……」

お由良が悲鳴に似た声で叫んだ。

「やめておくれ。わたしに、そのようなみだりがましい心はない」

織部が追い討ちをかけた。

「聟をお迎えなさるのは、別にみだりがましいこととは思いませんが……」

「お黙り、親に指図をする気か……」

「御勘弁下さいまし。もう、なにも申しません。不束な手前を今日まで御養育下さいました大恩、死んでも忘れは致しません。どこに居りましょうとも、夫婦で手を合せて……」

「出てお行き……、暇をやります。もう、親でもない、子でもない……」

結局、四人は揃って大川端へ帰って来た。

そして翌日、旅仕度をした織部とおきみはさっぱりした顔で「かわせみ」を出発した。

「加賀の親の許へ戻ります。街道で饅頭を売っても、夫婦の暮しは立つと存じますので……」

二人を見送った東吾が、ぽつんといった。

「あいつら、上手く逃げやがったな」

下手をすると、からんだままほどけない糸を、見事なくらいあっさりと断ち切った。

「でも、ああするより他に道はなかったんじゃありませんか」

るいがいい、東吾が苦笑した。

「その通りさ。ひとむかし前なら、義理に縛られて夫婦心中になりかねないところを、さっぱり通り抜けて袋小路のむこうに出た。それはそれでいいようなものの、残されたおっ母様は、気の毒だ」

「お由良さんは、織部さんがお好きだったのでしょうか」

るいは女だけに、お由良の心の奥がのぞけるようであった。

「源さんがいってたよ、女には二つの顔がある。母親の顔と般若の顔と……」

お由良は織部に嫁を迎えてから、自分の本心に気がついたのかも知れないと東吾は考えていた。

とすれば、織部に去られたお由良の気持はみじめなものに違いない。

だが、それから半月ほど経って、東吾が雨の中を狸穴から大川端へ帰って来て、上りかまちですすぎを取っているところへ、ひょっこりお由良が入って来た。

「お近くまで参りましたので、ちょっと御挨拶にお寄り申しました」

東吾に寄り添っていたるいをちらりとみて続けた。

「御面倒をおかけしましたが、幸い、知り合いから養子が参りました。まだ十二でございますけれど、大切に育てて、鯉屋の良い跡継ぎに仕立てたいと存じて居ります」

今後とも、何分よろしゅうといい、待たせておいた駕籠ですっと帰って行った。

るいと東吾が暖簾のところまで出てみると、お由良を乗せた駕籠は、時雨の降る中をひっそりと遠ざかって、四辺《あたり》はもう、とっぷりと暮れていた。

神《かみ》かくし

一

その朝も、「かわせみ」で一番の早起きは老番頭の嘉助であった。

まだ暁闇《ぎょうあん》の中《うち》に夜具を片付け、井戸端で顔を洗うと、まず汲みたての水を神棚へ供え、饌米《せんまい》と塩を土器《かわらけ》に盛り直してから灯明をあげ柏手《かしわで》を打つ。

それから、くぐり戸を開けると、ちょうど上りはじめた太陽が「かわせみ」の大屋根に当って、それを仰ぎみる嘉助の胸に今日も一日が始まるという感慨をもたらしてくれるのであった。

寒気は、かなりきびしくなっていた。

昨夜の冷え込みを裏付けるように、道のへりには霜柱がもっこりと土を押しのけ、そこにも朝陽がきらめいている。

嘉助は竹箒《たかぼうき》を手にしていたが、掃除には、もう手間のかからない季節になっている。秋の間は、朝夕二度の落葉掃きをしていたのが、この頃はさっさと道に箒目をたてるだけで済む。

それでも嘉助は威勢よく箒を動かしながら、入口から堺に沿って進んだ。やがて堺が切れると少々の空地があって、そのむこうに豊海《とよみ》橋がみえる。

橋ぎわに立つと、すぐ右手に永代橋が、そして満々と水をたたえて流れて行く大川が見渡せる。ここからの風景が嘉助は好きであった。

で、箒を片手に、暫《しばら》く四辺を眺めてから「かわせみ」へ引き揚げるのだが、その、歩き出そうとした足が急に止った。

豊海橋の袂《たもと》の番小屋のかげから、ふらりと人が出て来たからである。

女で、それもまだ若い。衣紋《えもん》は少しばかり乱れて、髪もほつれてはいるものの、乱暴狼藉に遭ったというようでもない。

「もし、どうかなすったかね」

嘉助が声をかけると、若い女はまじまじとこっちをみ、体を固くした。

「心配なさることはない。あっしはそこの旅籠に奉公している者だが……」

その時、嘉助の背後から、この穏やかな朝には不似合いな大声が聞えて来た。

「番頭さん、なにしてるんですか」

凍てた道に下駄の音をたてて近づいて来ると、

「誰です、その人……」

嘉助の後からのぞいた。そのお吉へ、

「すみません。ここは、いったい、どこでしょう」

若い女がすがりつくように訊ねた。

早朝のるいの部屋は、もうすっかり片付いて、炬燵には火が入り、長火鉢の上の鉄瓶がいい具合に湯をたぎらせている。

寒さにこごえたようになっていた若い女の肌に少しずつ生気が戻り、お吉が運んで来た甘酒を飲み終った頃には、人心地がついた気配であった。

「御厄介をおかけして申しわけございません。私は神田岩本町の名主、宮辺又四郎の娘でお由紀と申します」

改めて両手を突いて挨拶をした。

るいが朝の光で娘をみると、なんとなく薄汚れてはいるが、品のいい、愛くるしい顔である。

「先程、こちらの番頭さんにうかがいましたが、こちらは大川端町でございますとか……」

「ええ、私どもの家のございますところは大川端町で、さっき、あなたがいらしたという豊海橋の下を流れているのが日本橋川、川のこちらは南新堀町で、むこうが北新堀町、永代橋を渡れば深川でございます」

娘がひどく場所にこだわっているとお吉から耳打ちされていたので、るいは丁寧に、ここらの町名を並べた。

「橋のむこうは深川……」

お由紀と名乗った娘が呟《つぶや》くようにいい、庭から続いている大川のほうへ視線を向ける。

「どうして、こんな所へ来てしまったのでしょう」

「どうして、と、おっしゃいますと……」

「何故、ここへ来たのか、わからないのです。気がついたら、橋の近くに居りました」

それが嘉助と出会った豊海橋の所だったと訴えた。

「誰かに駕籠にでも乗せられてお出でなすったのですか」

「いいえ、そんな記憶はございません」

琴の稽古に行く途中だった、といった。

「いつものように柳原に出て……」

「お琴のお師匠さんのお宅はどちらでございますの」

熱い茶を勧めながら、るいが訊いた。

「豊島町でございます。新シ橋の近くで……」

「その途中で、なにかありましたの」

お由紀が首を振った。

「神田川のほうに靄《もや》がかかって居りました。今にも雨が降って来そうで、傘を持って来てよかったと思ったのはおぼえて居りますが、それから先がなんにも思い出せなくて……」

「雨が降りそうなお天気……」

二人分の朝の御膳を運んで来たお吉をみて、るいは思わずいった。

「昨日は、お天気でしたね」

お吉が、なにをという顔をした。

「ええ、そりゃもう朝から晴れ上って、家中の布団を干したくらいですから……」

「その前の日は……」

「お天気でしたよ。今月に入ってたて続けの上天気で、その代り、毎晩、よく冷え込みましたけど……」

「雨が降りそうだったのは、いつでした」

「三十日でしたよ。掛け取りが降られない中にって午前中からやって来て……。降り出したのは夕方からで、いい按配に翌朝は上ってましたけど……」

黙って聞いていたお由紀が、おろおろと叫んだ。

「雨の降ったのが三十日ですと……今日は何日……」

お吉が明快に答えた。

「十二月の三日ですよ。いよいよ、年の暮が来ちまって……」

お由紀が、なんともいえない声をあげた。

「今日が十二月の三日……」

体が小刻みに慄え、目がすわった。

「いつなのです、あなたがお琴の稽古にいらしたのは……」

「三十日でございます、お月謝を持って……」

気がついたように帯の間を探って紙包をひっぱり出した。よれよれになった紙包には、銀一枚が無事に光っている。

「かわせみ」から深川長寿庵へ使が行って、長助がふっとんで来た。

「神田は、あっしの知り合いで佐七ってのが縄張りでございます。あっし同様、畝の旦那からお手札を頂戴している奴で気心も知れて居ります。そういうことなら、あっしがお供をして参りましょう」

嘉助とるいから、お由紀の話を聞くと、長助はそういって、お由紀を送って行くるいの付き添いを志願した。

駕籠が二挺《ちょう》、前にるい、後のにお由紀が乗せられて、

「長助親分、よろしくおたのみ申しますよ」

お吉と嘉助に頭を下げられて、ちょっと得意気な長助が横について、まだ、朝の冷気の残っている道を神田へ向って走り出した。

長助の判断で、岩本町の名主、宮辺又四郎を訪ねる前に、皆川町に住んでいる佐七の家へ寄ったのは、お由紀という娘のいったことがどうも今一つ、信じ難いので、いきな

り宮辺家を訪ねて、とんでもない、当家に左様な娘は居りませんといわれた場合を考えてのことであったが、駕籠を待たせておいて、長助一人が佐七の家へ行き、それとなくお由紀のことをほのめかすと、

「岩本町の名主さんの娘なら、先月の晦日《みそか》から行方知れずで、名主さんじゃ若い女のことで下手にさわいで、あとあとの障りになってはと心当りを探していなすったようだが、どこにも行っている様子はなく、今日にもお上へ届け出ようかと相談を受けたところです」

という。

佐七はお由紀の顔を知らなかったが、長助の話を聞き、お由紀の着ているものなどを確認すると、

「そいつは、お由紀さんに間違いねえと思います」

とにかく、岩本町へ行こうということになって、佐七が供に加わって宮辺家へ向った。

名主の家は、まるで通夜のように静まりかえっていた。

駕籠から下りたお由紀に長助が、

「どうです。ここが、お嬢さんの家だが、見憶えがございますか」

というのに、お由紀は返事も出来ないほどの取り乱し方で、いきなり家の中へ走り込んだ。

「お父つぁん、おっ母さん、お由紀です」

という声が聞え、家の中がわあっとなるのが外にいたるいや長助にもわかった。

佐七が先に家へ入り、やがてお由紀の父親の宮辺又四郎がとび出して来て、るいに挨拶をした。その後では、お由紀と母親が抱き合って泣いている。

丁重な礼の言葉を何十回となく聞かされて、るいが長助と「かわせみ」へ戻って来ると帳場で神林東吾が嘉助と話し込んでいた。

「どうだったんだ。娘は……」

顔をみたとたんに、東吾がるいに訊ねたところをみると、今朝からの顚末を聞いていたらしい。

「やっぱり、岩本町の名主さんの娘さんでしたよ。三日も前から行方知れずで、親御さんは、夜もねむれないで、あっちこっち探していなさったとか……」

台所からお吉までがかけつけて来て、まあまあと、全員がるいの部屋へ落ちついた。

「いったい、なんだって家出なんぞしたんだ」

東吾の言葉に、長助が手を振った。

「そいつが、若先生、家出じゃございません。どうも、神かくしのような按配でして……」

「神かくし……」

るいも半信半疑の表情でうなずいた。

「皆さんがそうおっしゃるんですよ。実際、お由紀さんには家出をする理由はなにもありませんし、御当人はお琴の稽古に行く途中、柳原の土手の近くを歩いているのまではおぼえているけれども、あとは今朝、嘉助さんに出会うまで、どこにいたのか、なにをしたのか、まるで記憶がないんですって……」

「そんな馬鹿なことがあるもんじゃねえ。大方、どこかで好きな男と忍び逢って、帰るに帰られねえから、そんな狂言を思いついたんだろう」

東吾は、頭から信用しない。

「それは、若先生がお由紀さんって娘をごらんになっていらっしゃらないからですよ」

お吉がむきになって、

「お年がおいくつかは存じませんが、まだ子供子供して、とても色恋沙汰を起すようなお人柄じゃありません」

「十五だそうで……」

長助がお吉の肩を持った。

「手前もつくづくみましたが、まるっきりの子供でして、おっ母さんにしがみついて、わあわあ泣いてる様子なんかは、男よりも人形のほうが嬉しいって感じでしたが……」

「女はみかけによらねえぞ。十五っていやあ、もう一人前だ。男の二、三人手玉に取ったって不思議じゃないんだ」

東吾はあくまでも娘の芝居と決めていたが、午後になって、改めて名主夫婦が娘を伴って「かわせみ」へ礼に来た。

で、いろいろ訊ねてみたが、

「こいつは、俺の勘違いかな」

親子三人が帰ってから、しきりに首をひねっている。どう訊いたところで、お由紀には親に内緒の恋人がいそうにもないし、家出するような理由も見当らないので、

「余程、親子が口裏を合せて本当の理由を知らせまいとしているのか、さもなけりゃ病気だろうな」

といい出した。

「そんな病気があるんですか」

るいが真顔で訊き、

「その中《うち》、宗太郎にでも訊いてみるさ」

東吾は笑って逃げ出した。

なんにしたところで、十五の娘が三日ばかり行方不明になったものの、無事に戻って来て、当人もその親も、神かくしだと世間にいっておきたいのなら、それ以上、詮索をする必要はあるまいというのが、その時の東吾の気持であった。

その月の狸穴《まみあな》の方月館の稽古が五日から十五日までで、丸十日ばかり八丁堀を留守にした東吾が十五日の夜に「かわせみ」へ戻って来ると、

「どうも、江戸に神かくしが流行《はや》り出したようでございます」

出迎えた嘉助が待っていたように告げた。

「多分、そのことで今夜あたり、畝の旦那がおみえになる筈《はず》で……」

「驚いたな。帰って来る早々、神かくしか」

その話は無論、るいもお吉も知っていて、着がえをして風呂に入る間に、神田界隈ばかりで四、五人も神かくしに遭ったとか、長助親分が皆川町の佐七さんを助けて、探索に走り廻っているようでございますよ」

この前、神かくしなんぞということがあるわけはないと馬鹿にした東吾へ、当てつけがましくいいつける。

「冗談じゃない。もしも、本当に神かくしなら、町方なんぞの手に負えるか」

女達を笑いとばしながら、湯上りに一杯やっていると、佐七と長助を伴った源三郎が肩をすくめて入って来た。

外は一段と冷えて来ているという。

「早速ですが、東吾さん、これをどう思いますか」

炬燵に遠慮なく膝を入れて、源三郎が懐中から二つ折りの半紙を出した。

五日　神田三河町一丁目　水油問屋　大坂屋　小兵衛娘おまき　十七歳

六日　本銀町　煙草問屋　山田屋　孫右衛門女房お勝　二十三歳

八日　神田皆川町二丁目　梅栄堂　福井兵治娘お美也　十九歳

日付は、当人が行方不明になった日だといった。

「神かくしは三人かい」

寒さしのぎにと、熱燗の酒を三人に勧めているお吉を東吾がからかった。

「この家の女連中は、四、五人も神かくしに遭ったと、俺をおどかしたんだぞ」

「あ、いや」

源三郎が遮った。

「実際は四、五人もいたようですが、よくよく問いただしてみますと、遊びほうけて帰りが遅くなったのを神かくしのせいにした不届者が二人ばかり居りまして……」

つまり、そんな口実に使われるほど、神田あたりでは神かくしが町中の話題になっているといった。

「この三人は、まだ出て来ないのか」

「左様です」

行方知れずになってから、大坂屋の娘おまきは今日で十日、山田屋の女房お勝は九日、梅栄堂のお美也は七日が各々過ぎている。

「ちと、長いな」

「捨ててもおけません。これ以上、世上のさわぎが大きくなりますと、神かくしに名を借りた悪事が蔓延するやも知れず、お奉行もそのあたりを御心配のようです」

「成程な」

盃を膳へおいて、東吾は長助の後に小さくなっている佐七をみた。

「縄張り内のことだから、この三軒の様子は知っているだろう。まず、大坂屋だが、世間の評判はどうだ」

長助にうながされて、佐七がおずおずと話し出した。

「悪くはございません。主人の小兵衛さんは商売熱心で、義理固いお人でございます。お内儀《かみ》さんはあんまり体の丈夫なほうではなくて、おまきさんを産んでからは寝たり起きたりで、とうとう二年目の春に歿《なくな》ったんですが、妾を囲うこともなく、一人娘のおまきさんを大事にして……。そのおまきさんに近く養子が来る筈だったんでございます」

その矢先に娘が神かくしに遭って、小兵衛は途方に暮れている。

「占師にみてもらったら、年内には必ず無事で戻るといわれたんだそうでして、それを頼りにして居ります」

「奉公人で、おまきに気のありそうなのはいないか」

それには長助が答えた。

「あっしもその点を考えまして調べてみたんですが、番頭二人は小兵衛さんと同年輩で所帯持ちでございますし、手代もみんな三十を過ぎて居りまして、あとは小僧ばかり、とても十七のおまきさんの相手になりそうなのは見当りません」

六日に居なくなった煙草問屋は、

「旦那の孫右衛門さんは、来年が六十で、お内儀さんは二度目でございます」

先妻は十年ばかり前に病死して、その忘れ形見の息子は三十五。

「女房子がございまして、浅草のほうにもう一軒、店を出してもらって、そっちに居ります」

その息子夫婦とお勝の間柄がうまく行っていないというような話は聞いたことがなく、

「年齢は離れて居りますが、お勝さんは愛敬者で、店でもよく働いて居りました」

三人目の梅栄堂は、

「筆屋でございまして、紀州様御用を承っている格式のある店と聞いて居ります」

主人の福井兵治は職人気質を持った、温厚な人柄で、近所づき合いも悪くはない。

「ただ、やはりお内儀さんを早くに歿《なく》されまして、後妻のおたきさんというのが、まだ赤ん坊だったお美也さんを育てなすったそうで、そのおたきさんには男の子が一人生まれましたが、だからといってお美也さんにつらく当り、自分の子ばかりを可愛がるということはないようでございます」

「お美也は十九だな」

源三郎の書き出したのを眺めて、東吾が呟いた。

「嫁入り先は決っていたのか」

「いえ、それが、お美也さんは今年の春から神田橋御門の近くの、お旗本で近藤主税様とおっしゃるお屋敷へ行儀奉公に上って居りまして……」

それというのも、お美也が筆屋小町と呼ばれるほどの美人で、当人も親も縁談には今一つ高のぞみなところがあってまとまらない。

「ひょっとすると、お武家にでも嫁入りさせる気持があってのお屋敷奉公ではないかと、世間は噂をして居ります」

長助の助けもあったが、佐七はだんだん威勢がよくなって、要領のいい話し方をした。

「この世に神かくしなんてえものがある道理はねえと畝の旦那もおっしゃいますし、長助兄貴もあっしもそう思います。一つ、若先生のお智恵を拝借して、なんとか行方知れずの女達を突きとめてえと存じますんで……」

自分の持場の事件だけに、佐七は張り切ってもいるし、思いつめてもいる。東吾にしても知らぬ顔をするつもりはなかった。

「源さん、明日、ぐるっと廻ってみるか」

源三郎が嬉しそうに頭を下げた。

二

翌朝、東吾は早起きをして飯をすませると一人で大川端の「かわせみ」を出、まっしぐらに本所の麻生家へ行った。

麻生源右衛門は、宗太郎が毎日、調合するという薬を神妙な様子で飲んでいたが、東吾をみると上機嫌で早速、聟《むこ》自慢をはじめた。

宗太郎の勧める薬を飲むようになってからすっかり健康になって、この夏は一度も食欲の落ちたことがなく、秋になって風邪もひかず、寒さが身にこたえないという。

「彼《あれ》は天下の名医じゃで、東吾もどこぞ具合の悪いところがあったら、遠慮なく診てもらうがよい」

東吾は苦笑した。本来なら、この家に養子に来る筈の東吾にしてみれば、源右衛門の聟自慢はくすぐったくもあり、一方ではほっとした気分でもある。

その宗太郎は、かなり腹の大きくなった七重と薬草干しをしていた。

「ほう、ぼつぼつだな」

立居振舞の不自由そうな七重をみて、東吾はちょっと心配になった。

天下の名医がついているのだから、なんということもあるまいが、お産は女の大厄ときいている。安産であってくれと祈る気持が強い。

「年内か」

「いや、年があけてからでしょう。いよいよとなると、腹がもう少し下に落ちてくるものです」

そういわれても、東吾には七重の丸い腹部が、どんな恰好になるのか想像もつかない。

「男かな……女かな」

「それがわかれば苦労はありません」

「天下の名医でもわからんものかな」

畝源三郎の長男の誕生の時も、同じような会話をしたと、東吾は笑った。

「せいぜい、大事に育てることだ。神かくしなんぞに遭わないように……」

「そういえば神田で神かくしが流行っているそうですね」

瓦版にもなっているらしいと宗太郎がいった。

「その最初の娘なんだが……」

岩本町の名主の娘、お由紀の話をすると、宗太郎は無言で聞いていたが、

「そいつは病気かも知れないな」

といった。

「当人を診てみないとわかりませんが、もしも、以前に……たとえば子供の時なんぞに同じようなことがあったとすると、間違いないと思いますよ」

「病気で、自分がどこにいたのかもわからなくなるようなことがあるのか」

「ないこともない。記憶が或る部分、糸が切れるように途切れてしまって、重症になると、自分がどこの何という者かも思い出せなくなる奴もいるそうでね」

「そんなのが、五人も六人も出て来るか」

「いやあ、珍しい例ですよ。わたしも実物は診たことがありません。原因はさまざまらしいが、脳にできものが出来たせいでというのもあれば、精神的な理由でというのもあるとか」

「わかった。その中、力を借りに来るかも知れない」

愚図愚図していると、宗太郎特製の体によいとかいう苦い茶を飲まされるので、慌てて東吾は麻生家を辞した。

畝源三郎と待ち合せたのは、鎌倉河岸の近くの番屋で、長助と佐七はもう来ている。

渋茶を一杯飲んだところに、畝源三郎が到着して、揃ってそこから遠くもない三河町

の大坂屋の暖簾をくぐった。

　娘が神かくしに遭ってからも、一日も欠かさず商売を続けているというが、店の中は流石《さすが》にひっそりして、奉公人も元気がない。

「只今、お医者がみえて居りまして……」

おまきが行方不明になってから、父親の小兵衛は食事が咽喉《のど》を通らなくなっていると番頭が沈痛に訴えた。

「かかりつけの渋谷松軒先生が心配して滋養になるものを調合して下さって居ります」

「手がかりはないのか」

「ございません。探せる所はすべて探し尽しましたが……」

「おまきが居なくなった時の様子をきかせてくれないか」

東吾の言葉に、番頭が情ない表情になった。

「それが、いつ、家をお出かけになったのか、誰も存じませんので……」

時刻は夕方に違いないという。

「縫い物をしていらっしゃるのを、女中のお杉がみて居ります。お杉が夕方になったので洗濯物を取り込んで戻って来ますと、お嬢さんのお姿がなく、てっきり店のほうだと思って気にもしなかったと申します」

だが、おまきは店へも姿をみせず、

「その夕方、お嬢さんが柳原の辺りを歩いていらっしゃるのをみたというお方があるばかりでして……」

「柳原か……」

岩本町の名主の娘、お由紀の記憶が切れたのも、柳原あたりだと聞いていた。

「その、おまきを柳原でみたというのは、誰なんだ」

「渋谷先生のお弟子の篠原平三郎さんでございます」

その二人は、やがて奥から出て来た。送ってきた小兵衛ともども、帳場の奥の部屋で東吾の問いに答えることになった。

小兵衛は憔悴していたが、言葉はむしろ強気であった。

「娘は必ず帰って参ります。手前はそう信じて居りますので……」

「占師にみてもらったそうだな」

ぽつんと東吾がいった。

「どこの占師だ」

「手前は存じませんが、大層よく当るお方とか……」

小兵衛の視線が、渋谷松軒の脇にひかえている篠原平三郎へ向いた。二十そこそこだろう。まだ前髪をつけていても似合いそうな優しい感じの若者である。

「実は、そちらの平三郎さんが心配して下さいまして……」

平三郎が赤くなった。

「手前ではございません。手前の母が、大坂屋さんのお嬢さんが神かくしに遭ったと聞きまして……。大坂屋さんには、いつも手前がお世話になって居りますので……」

「この者は……」

松軒が傍からいった。

「母一人子一人でございまして……、父親は手前と同じく医者でございましたが、五年ほど前の浅草の大火で歿《なくな》りました。それで、手前の許で修業をして居ります」

「すると、おっ母さんは一人暮しか」

「駒込の吉祥寺裏で、手間仕事をして暮して居ります」

「それじゃ早く一人前になって、親孝行をしなけりゃなるまいなあ」

東吾の言葉を平三郎はさしうつむいて聞いている。

「ところで、おまきさんには養子の話が決っていたそうだが、おまきさんがその縁談を嫌っているということはなかったのか」

東吾が小兵衛をふりむき、小兵衛はとんでもない、という顔をした。

「聟に参ります者は、歿った家内の遠縁に当りまして、おまきとは幼なじみでございます。親の家は品川でございますが、始終、行き来をして居りますし、夫婦になることも、おまきの気持を確かめた上で先方と結納を取りかわしましたので……」

「その男、年はいくつだ」

「二十六になりますが……」

「おまきと、随分、離れているな」

「ですが、子供の頃から親しくして居りまして気心も知れて居ります。おまきのような我儘《わがまま》娘には、そのくらいの年上でちょうどよいかと存じます」

「おまきが神かくしに遭ったことを、品川へ知らせてやったのか」

「知らせたわけではございませんが、おまきの姿がみえなくなった時、もしや品川へ遊びにでも行ったのかと……まあ、親になにもいわずに出かけるような娘ではございませんが、万一と思いまして番頭をやりましたので……」

「知られてしまったというわけか」

「品川から……仙之助と申しますのが、娘の聟になる男の名でございますが……心配して訪ねて参りましたが、神かくしではどうしようもなく……」

「では、おまきが無事に帰って来たら、予定通り、その仙之助と夫婦にするつもりなのだろうな」

小兵衛がはじめて表情に弱いものをみせた。

「手前はその気で居りますが、先方がなんと申しますか」

神かくしとはいっても、何日も行方知れずになっていて、その間になにがあったかわからない娘を、果して女房にするかどうか、父親だけに、小兵衛はそのあたりを心配しているようである。

訊くだけのことを訊いて、東吾が大坂屋を出ると、渋谷松軒も弟子と共に暇《いとま》を告げて通りへ出て来た。

なんとなく、彼を待っていたような東吾が近づいて、

「どちらへ帰られる」

さりげなく問うた。

「手前は岩本町に住んで居りまして……」

東吾の目がきらりと光った。

「岩本町と申すと、名主は宮辺又四郎……」

「はい、左様でございます」

「あそこの娘、お由紀さんといったが、やはり、神かくしに遭って、無事に帰って来たそうだな」

「あれは、神かくしかどうか」

松軒が思いがけないことをいい出した。

「お気の毒なことでございますが、お由紀さんは子供の頃、癲癇《てんかん》の発作がひどうございまして、そのせいでございましょうか、年頃になって発作がなくなった代りに、時折、ふっとわけがわからなくなるようなことがございます」

自分がどこで何をしているのか、一瞬、記憶がなくなってやがて、我に返る。

「名主様も御心配になって、なにか良い治療はないかとおっしゃいますが、どうも手前の力ではなんとも致しようがございません」

「そうだったのか。いや、よいことを教えてもらった」

丁重に礼をいって、松軒と別れると、東吾は源三郎の傍へ戻って来た。

「今の医者の弟子、篠原平三郎の母親は駒込の吉祥寺の裏に住んでいるといったな」

長助と佐七をやってくれといった。

「大方、そこにおまきがかくれている筈だ」

くれぐれも手荒なことをせず、大川端の「かわせみ」へ連れてくるようにといった。

「俺は源さんと山田屋へ行ってみる」

本銀町の煙草問屋、山田屋へ行ってみると、ちょうど浅草から孫右衛門の息子の寿太郎というのが来ていて、父親と一緒に東吾と源三郎へ挨拶をした。

「どうも、とんだことでお上に御厄介をおかけ申し、あいすまぬことでございます」

手を突いた孫右衛門は、来年が還暦というにしては老けていた。女房が神かくしに遭って心痛のあまりやつれたということもあるのだろうが、総体に疲れ果てていて生気がない。

「ですが、お勝のことはもうあきらめて居ります。世間様のお話によりますと、神かくしに遭って帰って来ない者は、それまでの記憶をすっかり失ってしまって、見ず知らずの土地でけっこう新しい幸せをみつけて暮しているというのもありますそうで、お勝もきっとそうではないかと存じます」

「お父つぁん」

息子の寿太郎が気弱くなっている父親をはげますように口をはさんだ。

「そんなふうに、あっさりあきらめるものではありませんよ。おっ母さんは悪い奴にかどわかされたのかも知れないし……」

孫右衛門が大きく否定した。

「いやいや、そんなことはない。二十三にもなる女を誰がかどわかすのだ。わたしにせよ、お勝にせよ、人に怨みを受けるおぼえもないし、第一、かどわかしなら、お勝とひきかえに金をよこせといってくるだろう」

「そうともいえないぞ」

東吾がいった。

「お内儀さんは若くてきれいだったそうだ。悪党がその気になって売りとばそうとしたら、けっこうな金になるだろう」

「お勝は気の強い女でございます。むざむざそうした奴等の口車に乗るとは思えません」

見舞の客が来て、孫右衛門が席を立った留守に寿太郎がいった。

「親父はすっかり気力がなくなって居りまして、おっ母さんが神かくしに遭って、がっくりしてしまったようでございます」

その寿太郎に東吾が訊いた。

「お勝は二度目だそうだが、親許はどこだ」

寿太郎が口ごもり、困惑げにいった。

「なまじおかくし申しては、お調べの障りになるかも知れませんので、正直に申し上げます」

吉原の「若松屋」という店の抱えで、源氏名をお珠という女で、前の女房に死なれたあと、孫右衛門が馴染みになり、すっかり熱くなって落籍《ひか》して後妻にしたものだといった。

「手前も最初は色里の女ということで随分、心配いたしましたが、お勝さんは親父を人事にしてくれましたし、親父も満足しているようなので、この節はすっかり安心して居りました」

そのお勝が神かくしと聞いて、寿太郎が不安になったのは、

「ひょっとして、昔の客のいやがらせとか、ああいうところにいた女には間夫《まぶ》とかいう者がついていて、堅気になってからもつきまとうなどという話を聞きましたが……」

「お勝がこの家へ来て、どれくらいになる」

「丸二年と少々でございましょうか」

「二年もほったらかしにしておいて、今頃、ちょっかいを出すというのは合点が行かないな」

そこへ、番頭が自分で茶を運んで来た。

商売の取引先が、お勝の神かくしの話をきいて見舞に来たのだという。

「どうも、おまたせ申してあいすみません」

実直そうな番頭の顔をみて、東吾が訊いた。

「この家の奉公人は何人だ」

「店のほうは手前を入れまして五人、奥むきは女中が二人でございますが……」

番頭一人に手代が一人、小僧三人という内訳である。店の大きさにしては奉公人が少い感じであった。

「最近、誰か辞めたのか」

番頭が両手をもみ合せるようにした。

「先月、手代の伊助と申しますのが……」

「金の使い込みか」

「いえ、そうではございませんが、何分にも若いもので、つい遊びのほうが……」

「女か」

「へえ」

「吉原《なか》の妓にでも熱くなっているのか」

「伊助は少々、男前でございまして、どうも妓のほうが放しませんようで、朝がえりが続きまして……旦那様が店の者にしめしがつかないからとおっしゃいまして……」

「伊助の生国は……」

「水戸の在ときいて居ります」

孫右衛門が戻って来た。

「まことに失礼を……」

東吾がぶつけた。

「手代に暇を出したそうだな」

孫右衛門が顔色を変えた。

「お恥かしいことでございます」

「吉原通いは御法度《ごはっと》か」

「商家に奉公する者が二十五、六で女狂いをしては、さきゆき、どうにもなりません」

「給金の前借りをして、妓を請け出して夫婦になるというのはどうだ」

「自分の店を持った上でならとにかく、奉公人に出来ることではございません」

それが、孫右衛門のけじめのようであった。

山田屋を出て、竜閑橋の袂の蕎麦屋で腹ごしらえをし、

「神かくしの最後は梅栄堂か」

東吾が皆川町へ歩き出したので、源三郎が肩を並べながら訊ねた。

「山田屋のお勝は、どうなったんです」

「ありゃあ、かけおちだよ」

源三郎が合点の行かぬといった口ぶりで、

「相手は伊助ですか」

「他に誰がいる」

「しかし、伊助は吉原に通って……」

「おそらく、お勝へあてつけだろう」

吉原の「若松屋」を調べさせるとよい、と東吾は調子よくいった。

「多分、伊助もお勝に、いや、その頃はお珠だが、熱くなって通って来ていた客の一人だろう」

「孫右衛門と鞘当《さやあ》てですか」

「孫右衛門のほうは知らなかったんだろう。気がついたのは、ごく近頃だ」

「それで伊助に暇を出したんですか」

「だが、お勝は好いた男のあとを追って行った」

「何故、訴え出ないんですか。姦夫姦婦は一刀両断にされても文句はいえない筈ですが」

「だから、源さんは野暮天だというのさ」

孫右衛門の顔色をみたか、といった。

「六十前だというのに、まるで七十の老人だ。女房に生気を吸い尽されて、よぼよぼになっちまったのさ」

孫右衛門にしてみたら、女房にしたものの、親子ほども年の違う女は、次第に重荷になって来たと、東吾はわけ知り顔にいった。

「二十三といえば、女は盛りだろう。それにひきかえ、孫右衛門の年齢はもう下り坂だ。

男が無理をすりゃあ、ああいう顔になる。源さんもよくおぼえておくんだな」

「そいつはそっくり誰かさんにお返しししますよ」

笑いながら念を押した。

「孫右衛門は女房が伊助としめし合せて家を出たのを承知の上で、神かくしで世間をごま化そうとしているわけですか」

「吉原から落籍して女房にした若い女が手代とかけおちしたといわれるより、神かくしのほうが体裁がいい。女房に間男されて口惜しいには違いないが、自分の命をちぢめる相手が消えてくれてほっとしているのも本心だろう」

「成程、そう考えると、孫右衛門の態度が思い当りますな」

話している中に皆川町で、筆屋梅栄堂は大戸を下していた。

「どうも、商売をするような気分になれませんので……」

出迎えた主人の兵治は半病人であった。

「今となっては、なにを申しても後《あと》の祭でございますが、娘をお屋敷奉公に出すのではございませんでした」

東吾と源三郎を前にして訴えるような口調である。

「というと、お美也は奉公先で神かくしに遭ったのか」

兵治が口惜しげに唇を慄わせた。

「近藤様では、娘が急に用事があると申してお屋敷を出たとおっしゃいます。それも、夜の亥の刻すぎ(午後十時頃)だとか、そんな時刻に若い女が一人で外に出ること自体が怪訝《おかい》しゅうございます」

「近藤家では、お美也はどこへ行くといって出たと申すのだ」

「それが行く先はいわなかったと……」

兵治の言葉に、女房のおたきがかぶせた。

「どこの世界に、若い娘をあずかっておいて、夜中に行く先も告げずに出て行くのを黙って出すという法がございますか。第一、お美也は要心深い子で、夜に一人で外へ出るなぞということは、まず、致しませんでした」

「当家へ戻って来たということはないのだな」

近藤主税の屋敷は神田橋御門の近くで、この皆川町の梅栄堂まで、たいした距離ではない。

「とんでもない。手前共では夜遅くまで筆作りを致します」

夜のほうが精神を集中して仕事にかかれるからで、亥の刻すぎにもし、お美也が戸を叩けば知らずにいるわけがないといった。

「たしかに、近藤家のいうことには無理があるな」

東吾がむずかしい顔で腕を組み、おたきがたまりかねたように叫んだ。

「娘は、あのお屋敷に閉じこめられているんでございます。そうとしか考えられません」

「これ」

と兵治が制したが、それは弱々しいものであった。

「お美也が閉じこめられているという証拠があるのか」

流石に、源三郎が改まった。仮にも天下の旗本が奉公に上っている女を閉じこめるというのは尋常ではない。

「証拠はございませんが、娘はこの秋のはじめに宿下りを致しました時、なるべく早くに暇を取りたいと申しました。手前がそのわけを訊ねましたところ、口を濁し、ただ、武家奉公は性に合わないと申すので、少々、窮屈なことがあろうとも、それが修業だから、せめて年内まで辛抱するよう申しきかせました。今にして思えば、何故、あの時、娘のいうように、お暇を願わなかったのか……」

兵治が手拭を顔にあて、おたきが東吾にすがりついた。

「どうぞお助け下さい。娘を取り戻して下さいまし」

三

東吾と源三郎が「かわせみ」に帰って来ると、るいの部屋に二人の女がいた。

「大坂屋のお嬢さんのおまきさんと、篠原平三郎さんのおっ母さんですよ」

るいがひき合せた。長助と佐七は遠慮して帳場に待っている。

「どうぞ、お許し下さいまし」

蒼ざめた顔で、平三郎の母親が手を突いた。

「もっと早くに、お上にお届け申さねばなりませんでしたのに……悴《せがれ》があんまり不愍《ふびん》で……」

おまきが母親をかばうようにした。

「おっ母さんは悪くないんです。あたしがお父つぁんに、ちゃんと話が出来なくて……」

東吾が二人を安心させるように笑った。

「神かくしにしようといい出したのは、どっちだ。平三郎か、おまきか」

「あたしです。平三郎さんから、名主さんの娘さんの神かくしの話をきいて……平三郎さんはうちのお父つぁんに心配かけるからって随分、考え込んでいたんです。でも、あたしは、どうしても平三郎さんと夫婦になりたかったから……」

るいが思いつめている娘をみながら、東吾と源三郎へとりなすように話した。

「平三郎さんはまだお若くて一人前のお医者でもない。いわば修業中の身で、大坂屋のお嬢さんを嫁にもらいたいなどとは、とても、渋谷先生にも打ちあけられなかったそうですよ。おまきさんは、お父つぁんが長年、男手一つで自分を育ててくれたこともあって、お父つぁんのいいつけにはさからえない。品川から来るお聟さんって人は、当りはいいけど、あんまり誠実じゃないように思えるって」

「そいつを、ちゃんと親父に話せばよかったんだ」

おまきが頭を下げた。

「すみません。でも、あたしが神かくしに遭って何日も家へ帰らなかったら、案外、品川のほうの人の本心もみえるんじゃないかと思ってます」

「十七にしちゃあ生意気だな」

結局、大坂屋のほうには源三郎が話をしに行くことになった。

ぞろぞろと一同が「かわせみ」をひきあげてから、東吾はるいの膝枕で横になった。

「どうして、東吾様は、おまきさんと平三郎さんの仲にお気づきになったんです」

炬燵布団を東吾の背にかけながら、るいが訊く。

「だから、最初にいったろう。神かくしって奴はとかく色恋の平仄《ひようそく》を合せるために使われるんだ」

大坂屋で渋谷松軒の供をして来ていた篠原平三郎に会ったのがよかったといった。

「あいつ、俺と小兵衛や松軒の話に、一つ一つ、反応するんだよ。赤くなったり、青くなったり……。お袋が吉祥寺裏に住んでいるからいうわけじゃないが、ちょいとしたお七吉三だ。ぴんと来ないほうがどうかしている」

自慢ついでに、山田屋の女房の話をしている中に、東吾はうとうとしはじめた。

昨日は狸穴から帰って来て、るいと久しぶりに濃い夜を過し、今朝は早くから神田中を歩き廻った。炬燵の温みが、ねむりを誘ったのかと、るいはうっとり男の顔を眺めていた。

外は漸《よう》く、日が暮れかけている。

翌日、源三郎が来た。

「やっぱり、東吾さんのいわれた通りでしたよ」

吉原の「若松屋」を調べたところ、お勝のお珠時代に、伊助は客だったという。

「お勝にしてみたら、落籍して女房にしてくれた孫右衛門も有難いお客だったに違いありませんが、すぐ目の前にもう一人、昔の馴染がいる。おまけにそっちは若くて男前で自分に未練を持っている。一方の孫右衛門は急に年寄りになり出した。ま、その辺の解説は東吾さんのお得意ですが……結局、焼けぼっくいに火がついて、それを孫右衛門が気づいて、伊助に暇を出す。女は伊助のあとを追ったというところでして、どこにいるのかわかりませんが、うまく添いとげるかどうかですな」

それはそれで放っておいてかまわないが、

「梅栄堂のほうですが、やはり、いけませんな」

昨夜、あの界隈で噂をきいて廻ったが、夜更けに屋敷を出たというお美也の姿をみた者は一人もいない。

「すぐ近くに、夜鳴き蕎麦の屋台が出ていて夜半すぎまで商売をしていたそうですが、その親父も、お美也らしい女をみていません」

加えて、近藤主税の奥方は大層な焼餅やきとの評判で、女房の悋気《りんき》の激しいのは、当然、亭主が浮気者ということにもなる。

「ひょっとすると、お美也が殺されているということも考えられます」

無理を承知で、親許に神かくしに違いないと弁解しているのが、どうも、そんな気がすると源三郎はいった。

「厄介だな」

武家屋敷には町方は踏み込むことも出来ないし、取調べも管轄外である。

「なにせ、証拠がありません」

眉を寄せた源三郎に、東吾が呟いた。

「もし、殺したとして、その死体はどうする」

おそらくは、殿様がお美也に手を出して、拒まれて殺してしまったか、或いは殿様の浮気に気づいた奥方がお美也を折檻している中に責め殺してしまったか、なんにしても困るのは、その死体の処置であろう。

「まさか、屋敷の中に埋めちまうってわけにも行くまいが……」

とりあえずは土に埋めるか、長持なぞにかくしておくかしても、

「今日で八日か」

この季節でも腐乱は始まる。

「無駄かも知れないが、誘い水をかけてみるか」

東吾の提案に源三郎がうなずいて、翌日、瓦版《かわらばん》が出た。

山田屋のお勝が死体となって隅田川に浮んだというもので、多分、神かくしに遭って柳原あたりの土手から神田川へでも落ち、流されて隅田川へ出たものだろうと書いてあ

る。

「神かくしをなすった神様は、自分のいいつけを守らないと、罰として、そういうことをなさるんだそうで、えらい修験者の方が山田屋へお祓《はらい》に行ったって話です」

もったいらしく話す人もいて、山田屋からは、ひっそりと野辺送りの行列が出た。

そして、更に二日。

近藤主税の屋敷の裏口から、深夜、そっと長持がかつぎ出された。

あたりをうかがうようにして、柳原のほうへ行きかかるのを、畝源三郎が誰何《すいか》した。

「夜中、不審の通行、念のため、長持の中を拝見致したい」

拒めば、力ずくでもと佐七や長助は張り切っていたが、相手はあっけなく地面にすわり込んだ。

長持から、お美也の死体が出たという知らせを、東吾は「かわせみ」のるいの部屋で聞いた。

「ひどい折檻を受けたらしくて、体中傷だらけだったそうですよ」

お吉が顔色を変えて喋るのに、東吾がやんわりと遮った。

「源さんも気の毒に……丸三日の張り込みじゃないか。八丁堀は丈夫でないとつとまらないな」

近藤主税が、支配頭の取調べを受けたのは更に十日の後であった。

麻生家《あそうけ》の正月《しょうがつ》

一

大晦日の午《ひる》すぎのこと。

八丁堀組屋敷の中にある神林家の邸内は塵《ちり》一つないまでに掃き清められ、門松はもとより、部屋部屋の輪飾りに至るまで初春を迎える仕度が整っていた。

で、なにもすることのなくなった東吾が自分の部屋へ閉じこもって、凧《たこ》作りを始めたのは、同じ八丁堀の畝源三郎の長男、源太郎に、正月は凧あげにつれて行ってやると約束していたのを思い出したからである。

東吾には、みかけによらず器用なところがあって、殊に凧作りは少年の頃から得意であった。

友人の畝源三郎が案外、細かな手仕事が苦手で、子供の時分、一緒に作っていても、最後の仕上げは必ず東吾がしてやらないと、まるっきり風に乗らない凧が出来てしまう。

そういう男が、父親になって息子に凧を作ってやれる道理がないので、東吾は数日前、凧に使う紙を持って畝家へ行き、源三郎と二人で、それに絵を描いた。

旭日に波をあしらった平凡な図柄にしたのは、それなら素人にも描けると考えたからで、東吾が下絵を描き、源三郎が色を塗って、

「凧屋で売って居りますのより、ずっと立派なのが出来ましたこと」

源太郎の母のお千絵がお世辞抜きに感心したようなのをこしらえた。

あとは、東吾が一人で竹をけずり、骨組みを作って、その図柄の紙を張っておいたものを、今日は丹念に仕上げをして糸をつける。

兄の声がしたので、東吾は凧をおいて立ち上った。

「東吾、東吾」

と呼んでいる兄の声の調子がいつもと違って、ひどくせっかちである。

小走りに廊下を行くと、兄の通之進は居間の外へ出ていた。

「お呼びですか」

膝を突いた東吾をみて、通之進が苦笑した。

「本所から使が参った。今から香苗が参る故、供をしてやってくれ」

「生まれたのですか」

「いや、まだのようだが、近いらしい」

奥から香苗が出て来た。

「様子をみて、戻って参りますから……」

「いや、わしのことならかまわぬ故、七重の役に立ってやれ、初産《ういざん》でさぞ心細かろう」

用人が、これもあたふたとやって来た。

「御駕籠の用意がととのいました」

「東吾」

と兄が呼んだ。

「外は寒かろう、身仕度をして参れよ」

「承知しました」

兄ほど寒がりではないが、と思いながら、素直に部屋へ戻って合羽を着る。

組屋敷のほうは静かだったが、八丁堀を出ると、大晦日らしく慌しい人通りがある。まだ掛け取りに歩いているらしい者や、正月用の買い物を下げて行く者、届け物を背負って行く者、みな気忙《きぜわ》しげであった。

「大晦日に産気づくとは、七坊らしいですね」

駕籠脇について歩きながら、東吾は兄嫁に話しかけた。

「ほんに人さわがせな子で……」

困ったように香苗が答え、

「宗太郎の奴、今頃、どんな顔をしているか」

東吾の声がはずんだ。

お産は女の大事だと知ってはいるが、なにしろ天下の名医がついていて、三日前に東吾が見舞旁《かたがた》、本所の麻生家へ寄った時も、

「母子共に順調、今のところ、正月三日くらいに身二つになるだろう」

と話してくれたたし、大きな腹をもて余し気味な七重は顔色もよく、東吾が土産に買って行った豆大福を旨そうに食べていたから、まず心配なことはなにもなさそうに思えた。

大川端の「かわせみ」を横目にみて、永代橋を渡る。

この暮は例年になく暖かな日が続いていたが、流石《さすが》に川の上を渡る風は肌をさすように冷たい。

深川から本所へ。

驚いたことに、麻生家の屋敷の前に麻生源右衛門が立っていた。近づいた東吾へなんともいえない顔をする。

「父上」

駕籠から下りた香苗が不安そうに呼びかけた。

「七重は……」

「間もなく生まれるそうじゃが……」

産婆がかけつけて来てから、もう二刻余りになるといった。

「居ても立っても居られぬ気持じゃ」

「宗太郎は、なにをしているのです」

東吾が訊ねた。

「ずっと産室に入って居る……」

「父上、内へ入りましょう。お風邪を召します」

香苗が父親に寄り添い、三人揃って邸内へ入った。

七重の産室は、南側の離れで、渡り廊下のところに女中がひかえている。

「どうじゃ、まだか」

源右衛門が訊くと、無言で頭を下げた。女中までが緊張の余り、蒼白になっている。

「私がみて参りますから、父上と東吾様はお居間でお待ち遊ばせ」

香苗が廊下を渡って、外から声をかけ、離れに入って行った。

「義父上《ちちうえ》、参りましょう。ここに居っても、なんの役にも立ちません」

東吾が源右衛門をうながして、そこから遠くもない、若夫婦の居間へ入った。

ここも、午後の陽が障子に当っていて、明るく暖かい。

「どうも、なんともいえぬものだな」

源右衛門が呟いた。

「我が家の娘どもが生まれた時、わしは二度とも御城内であった」

出仕していて、使が来て娘の誕生を知らされた。

「こんな思いをしたのは、初めてのことだ」

「義父上も、いよいよ、祖父様《じい》ですな」

源右衛門を落ちつかせるつもりで、東吾は喋り出したのだが、声が上ずっていた。

「手前も、叔父さんになるわけで……」

「男でも、女でもよい、無事に生まれてくれれば……」

正座し、目を閉じて、源右衛門が合掌した。

それをみて、東吾も心の中で手を合せた。神仏にすがりたい気持というのは、こういうことかと思う。

「長すぎる……あまり長すぎるのは……」

源右衛門が再び、腰を浮しかけた時、赤児の声がした。産声にしては小さいと東吾は反射的に思った。畝源三郎の家で、源太郎の誕生に立ち会った経験では、産声とは、もっと大きく威勢のよいものであった。

不安が胸をかすめ、思わず源右衛門をみる。

老人は唇を慄わせていた。

「手前が……」

みて参りますといいかけた時、鮮やかなほど大きく赤ん坊が泣いた。一度途切れて、又、大きく。

どちらからともなく、二人が立ち上って部屋を出た。

離れの廊下を、女中達が湯を運んで行くのがみえる。

遠慮を忘れて、東吾は部屋の外まで行った。

香苗が東吾の前に立った。

「義姉上《あねうえ》……」

額ぎわに、香苗はびっしょり汗をかいていた。

「大丈夫……もう、大丈夫でございます」

東吾の背後にいる源右衛門へいった。

「女のお子でございますよ。宗太郎様と七重のよいところばかりを頂いたような、愛らしいお顔をして居ります」

源右衛門が、しゃがれた声でいった。

「七重は……」

「元気でございます。今、宗太郎様がお薬湯を飲ませて下さって居ります」

ふうっと大きく息をした源右衛門の表情が崩れた。

「神仏の御加護じゃ、ありがたい……かたじけない」

両手で顔を被《おお》ってしまった父親を、香苗がいたわるように支えた。

「宗太郎様が、よろしい時に声をかけて下さるそうです。それまで、あちらに……」

居間へ戻りながら、小さく話した。

「お産が長引いて……そのせいでしょうか、生まれた時、紫色にみえましたの。息をしていないのではないかと……、宗太郎様が逆さにして強く振って、拳で背中を叩かれましたの。そうしたら、元気な声で泣き出して……」

香苗の頬にも涙が流れていた。東吾も鼻の奥が熱くなって来る。

「大丈夫なのだろうな、子も……七重も……」

源右衛門が念を押し、香苗がうなずいた。

「宗太郎様が大丈夫とおっしゃいました」

廊下を産婆がやって来た。

「どうぞ産室へお越し下さいまし。御対面をなさいますようにと」

赤ん坊は産着にくるまれて、宗太郎に抱かれていた。

香苗は両親のよいところばかりをもらって来たような愛らしい赤児だといったが、東吾には猿の子のようにみえた。

宗太郎が、この男にしては珍しく目がくぼんだような顔で、舅に頭を下げた。

「残念ながら、このたびは女の子にて……義父上には申しわけなく……」

「なにを申すか」

源右衛門がどなった。

「女の子でなにが悪い、一姫二太郎と申すではないか。女の子でよかった。七重、でかしたぞ。良い子を産んだ」

その七重は、布団に横たわったまま、親馬鹿丸出しの父親へ、嬉しそうな微笑をむけている。

七坊、よくやった、といってやりたい気持を抑えて、東吾は赤ん坊を眺めていた。赤くて、皺だらけで、たしかに猿の子のようではあるが、よくみると、宗太郎に似ていた。七重の子供の時の顔にも。そう思ったとたん、再び瞼の中が濡れて来て、東吾はそそくさと離れを逃げ出した。

二

本所から八丁堀へ使が行き、待ちかねていた通之進が麻生家へ来た。その兄と入れ違いに、東吾は麻生家を出た。

帰りがけに、深川の長寿庵へ寄ったのは、宗太郎が年越し蕎麦を註文するのを忘れていたといったせいで、実をいうと、長寿庵へ来る前に、本所の本村庵という蕎麦屋をのぞいてみたのだが、この稼ぎ時だというのに表戸が閉っていて、中で激しいいい争いの声がしていた。

で、仕方なく深川まで行き長寿庵をのぞいて、長助に、

「忙しいところを、すまないが……」

と事情を話すと、長助が真っ赤になって怒った。

「若先生らしくもねえ。水くせえことをおっしゃらねえで下さいまし。麻生様に赤ちゃんがお生まれなすっただけでもおめでてえのに、明日は元日、なにがなんでも年越し蕎麦はこの長寿庵のを召し上って頂きてえ。これから、あっしが仕度をしてお屋敷へうか

がい、出来たての奴を差し上げます。どうか、あっしにおまかせなすって下さい」

釜場から出て来た悴《せがれ》も女房も、口々に祝をいってくれた。

「それじゃ、何分、よろしく頼む」

永代橋を渡って、東吾の足は、やっぱり、「かわせみ」へ向った。

すでに陽が暮れて、「かわせみ」の門灯に灯が入っている。

「若先生、よいところに……」

毎度のことで、大晦日になって漸《ようや》く、大掃除がすみ、落ちついたばかりだと嘉助が嬉しそうに出迎えて、その声を聞きつけたように、るいが奥から顔をのぞかせた。

「宗太郎のところは、女の子だったぞ」

東吾が知らせ、

「まあ、お生まれになったんですか」

るいが目を輝かせた。

「ちょいとばかり、難産だったらしくて、宗太郎の奴、目をくぼませていたよ。しかし、母子共に元気そうだった」

居間へ通ると、ここも正月の飾りつけが出来ていて、なにかが違うと思ったら、東吾の座布団が新しくなっていた。

「本当はお元日からと思っていたのですけれど……」

どっちみち、元旦は兄のお供で年始まわりの東吾だから一日早く初下《はつおろ》しだと、るいが笑う。

「おめでとう存じます。麻生様のところは、お嬢様だったそうで……」

酒の用意をして来たお吉が手を突いて頭を下げ、

「まあ、大晦日で、さぞかし大変でございましたでしょう」

という。

「宗太郎も七重もそそっかしいから、生まれて来る子もそこつ者さ。一日遅けりゃ、日本国中の人に祝をいってもらえるのになあ」

浮かれ気分の東吾が応じ、

「いけません。おめでたいことに、けちをおつけなさるなんて……」

姉さん女房に、やんわりたしなめられた。

「すまないが、年越し蕎麦を食ったら、屋敷へ帰る。兄上も義姉上も、本所なのでね」

大晦日に、屋敷が奉公人だけというのは具合が悪いからといいわけして、東吾はるいをみつめた。

「その代り、来年の年の暮は晴れて夫婦で年越しが出来る」

数日前に、兄からいわれたとつけ加えた。

「六月から、奉行所へ出仕するんだ」

見習として正式に御奉公に出ることが決った。

「兄上が、そうなってから祝言をあげたほうがよいだろうといわれてね」

部屋住みではなく、神林家の跡継ぎとして嫁を迎え、周囲へ披露をする。

「俺は、そういう細かいことはどうでもいいと思っているが、やはり、兄上のおっしゃる通りにしたいんだ」

兄が、東吾のために考え抜いた心遣いなら、素直にそれに従いたいと東吾はいった。

「いいだろう、るい……」

るいは無意識に、ただうなずいた。

来年の六月といえば、まだ先のようでもあり、今までの東吾との歳月を思えば、すぐ近くにも思える。

「なんだか、夢のようで……」

そっとうつむいたるいの肩を東吾が抱いた。

年越し蕎麦を運んで来たお吉が、部屋の気配で、慌てて後戻りをしかけると、東吾の声が陽気に呼び返した。

「かまわないから持って来いよ。蕎麦がのびちまうぜ」

さしむかいで蕎麦を食い、東吾が八丁堀へ戻って来ると、間もなく兄夫婦が帰って来た。

「義父上は、御機嫌であった。次の大晦日には、男児誕生じゃと宗太郎に何度も仰せられて、宗太郎が困って居った」

通之進が弟に話し、東吾は改めて年越しの挨拶をして、自分の部屋へ戻った。

やがて除夜の鐘が鳴りはじめる。

少しばかり、ためらって、東吾は用人に初詣に行って来ると断って、裏口から外へ出た。

いささか、照れくさい顔で「かわせみ」へ行ってみると、帳場に人がいる。

長助と、もう一人、男にしては小柄で痩せぎすの男で、前掛をしめている。

「長助ではないか。先刻は厄介をかけたな」

帰って来た兄嫁の話では、麻生家へ来た長助が、台所で蕎麦をうで、それまで空腹を忘れていた、源右衛門や宗太郎が大喜びで腹一杯食べたというので、東吾としては、その礼を述べたのだったが、

「とんでもねえ。若先生、あっしのほうこそ、大晦日だってのに、また、こちらへ御迷惑をおかけしているところでございます」

眉間に皺を寄せて、頭を下げる。それにうながされたように、小柄な男が恐縮そうにお辞儀をした。

「若先生は、おぼえておいでじゃねえと思いますが、こいつは伊助と申しまして、あっしの下で、お上の御用を承って居りますんで。但し、本業は本所で蕎麦屋をやっていまして、本村庵と申します」

それなら、さっき、麻生家の帰りに東吾が立ち寄った蕎麦屋である。

「若先生のお話をうかがいまして、てっきり、また、おっぱじめやがったと気がつきまし

たんで、麻生様の帰りに寄ってみましたところ、こいつが家をとび出したところで……」

出て行け、出て行けと女房がどなり、いいとも、出て行ってやる、と伊助が店を出たとたんに、入口の戸が内側からぴしゃりと閉った、と長助は、いささか憮然として話した。

「ってことは夫婦喧嘩か」

「へえ、昨日今日のことじゃねえんで……」

二階からるいとお吉が下りて来た。

「お待たせしました。お部屋の仕度が出来ましたから……」

いいかけたるいが東吾をみて、あらという顔をする。

「御厄介をおかけ申して、あいすみません」

長助が伊助をうながした。

「とにかく、今夜はこちらへ泊めて頂いて、明日、ゆっくり談合しよう」

「伊助さん、お出でなさいな。いつまで、そこにいたって埒《らち》があきゃあしませんよ」

お吉が声をかけ、しょんぼりしていた伊助を二階へ案内して行った。

「どうも、まことになんとも……」

長助が改めてるいにいった。

「いつもなら、あっしの家に泊めるんですが、今度は、ちっと思うところがございまして……」

米つきばったのようにあっちこっちへお辞儀をして、まだ鳴り続けている除夜の鐘の中を帰って行った。

「なんなんだ」

るいの部屋へ通り、改めて一杯やりながら、東吾が訊いた。

「よりによって、大晦日に夫婦喧嘩ってことは、亭主の浮気がばれたか、借金で首が廻らなくなったか」

「そんなんじゃないみたいですよ」

長火鉢に土鍋をかけ、味噌仕立ての汁の中へ蛤《はまぐり》や大根などを入れていたお吉が早速、喋り出した。

「長助親分の話だと、お内儀《かみ》さんがえらく気の強い人で、尻に敷かれっぱなしなんですって。店のことから、商売から、家の中の万事が、お内儀さんのいいなりで、ちょいと口出しすると、鍋や釜が御亭主めがけてとんで来る。また、伊助さんって人が、滅法、気が弱くって……」

「それで夫婦喧嘩か」

「喧嘩っていうより、一方的にお内儀さんにやっつけられてるみたいですけどね」

「なにか、女房に頭の上らない理由でもあるのか」

「それが、なんにもないので、可笑《おか》しいって、長助親分が……」

「情ない男だな」

でも、と漸く、るいが口をはさんだ。

「今度という今度は、お内儀さんが頭を下げてくるまで、帰らないって覚悟を決めたとか……それで、長助親分がうちへつれて来たみたいですから……」

「かわせみも、新年早々から、変なものを背負い込んだな」

酒を少し飲み、夜明けまでをるいの部屋で過して、東吾はまだ暗い中に八丁堀へ帰って行った。

三

正月三ガ日、東吾は多忙であった。

兄の供をして年始に廻るのは、ここ数年来のことだが、今年は格別、念入りに挨拶をさせられた。

「本年六月より、見習にて出仕が許されました。何分、お引立てのほど、お願い申し上げまする」

兄が丁寧に頭を下げる背後で、東吾も神妙であった。

毎年、思うことだが、どこの屋敷へ挨拶に行っても、先方の態度が極めて好意的であった。おそらく、日頃、通之進がこまやかに心遣いをしているせいに違いない。その証拠には、東吾に対して、

「通之進どのは、お若いに似ず大層な苦労人である。そこもとは良い兄御を持たれて幸

せ者ぞ」

といわれることが多い。

奉行所へ出仕するようになって、果して兄のように自分を殺して周囲に気を遣うことが出来るかどうか、東吾には自信がなかった。

しかし、やらねばならないと思っていた。

兄が守り抜いた神林の家名を、自分が傷つけるようなことがあってはならない。

四日に、通之進は東吾をつれて、狸穴《まみあな》の方月館へ行った。

松浦方斎に新年の挨拶をしてから、やはり、六月から東吾が見習に出仕をすることを報告し、これまで厄介になった礼を述べた。

自分が稽古に来なくなったら方月館はどうなるのかと、東吾は心配していたのだが、方斎は案外、のんきで、

「まあ、その時はその時、たまに非番の時、遊びがてら稽古に来てくれれば、それで充分じゃ」

などといっている。

町奉行所は、たしかに南北が一カ月ごとに交替して仕事に当ることにはなっているが、月番でなくとも、結構、前の月に片づかなかったものを処理したり、調べに当ったりと、まるっきり遊んでいるわけではない。

まして、見習はこき使われるから、到底、狸穴まで竹刀《しない》をふり廻しに来る暇は当分、

あるまいと思いながら、それが東吾にはつらかった。

方月館は、次男坊の部屋住みだった東吾にとって心の支えであったし、方斎は尊敬出来る師であった。おとせや正吉や善助、そして大勢の門弟達と別れがたい思いがある。が、弟をいつまでも冷や飯食いにしておきたくないという兄の気持を思えば、自分勝手は許されなかった。

おとせの手料理で昼をすませ、やがて方斎が通之進にいった。

「折角、ここまでお出でなされたことじゃ。隣の地所をごらんになって行かれるがよい」

通之進が会釈をした。

「そのことにつきましては、先生に御厄介をおかけ申しました」

「なんの、友、遠方より来る、亦《また》、たのしからずや、でござるよ」

東吾があっけにとられている中に、老師と通之進は揃って方月館を出た。慌てて東吾も後へ続く。

方月館の東隣りは竹林になっていた。

道場に一人、座っていると、風のある日はさやさやと竹の葉の音が聞えて来たものである。

その竹林の東側は空地であった。およそ千坪余り、自然のままに雑木が茂り、二本ほど欅《けやき》の大樹が天へ梢の枝を伸ばしている。

方斎が通之進を案内して、そこに立った。

広尾の原がよく見渡せる高台である。

「よいところでございますな」

通之進が方斎へいった。

「先生のお隣なれば、どのような所でもと思って居りましたのに、これは、身に過ぎた終《つい》の棲家《すみか》になりました」

「必ず、お気に入ると思うて居りましたぞ」

二人の話に、東吾は割り込んだ。

「兄上、いったい、どういうことでございますか」

「松浦先生のお近くに、少々の土地があらば、と、お願い申したところ、幸いにもここをゆずってもよいと地主がいうてくれて……すべては松浦先生のおかげじゃ」

「この土地を、兄上がお求めになったというのですか」

「はて、東吾には申さなんだか……」

「うかがって居りません」

方斎が、むきになっている東吾をみて笑った。

「通之進どのは、そなたに家督をゆずられたあと、ここへ来られるそうじゃ。長らく御苦労なことであった。ここは気の休まる土地じゃ。せいぜい、くつろいでお暮しなさるがよろしかろう」

「ありがとう存じます」

「よい碁敵《ごがたき》が出来て、わしもたのしみな」

「先生には到底、かないません」

兄の笑い声に屈託がないのを、東吾は感じていた。

少年の頃から学問好きで、和歌や詩文に才能のあった兄であった。

父亡きあと、若くして吟味方与力の職を継ぎ、風雅とは無縁の日常であったことを思うと、東吾はなにもいえなくなった。

漸く、兄に兄らしい生活が来る。同時に八丁堀の組屋敷で、やがて東吾の妻となる、るいに対して、気がねをしないように、兄夫婦が配慮してのことかとも気がついた。

「兄上のお気持はかたじけなく思いますが、東吾には寂しすぎます。これまで、兄上のお傍を離れたことがありませんから……」

通之進が笑い出した。

「先生、お聞きになりましたか。いい年をして、甘ったれたことを申します。これでは、さきゆき、女房の尻に敷かれかねませんな」

方斎も破顔した。

「わしは妻を持ったことがないので、ようわからんが、外は知らず、内では女房に敷かれているくらいが、夫婦円満の秘訣と申すそうな。通之進どのは如何でござる」

「手前は、左様なことはございません」

「さあ、どうであろうか。いつぞや、東吾が申して居った。弟にも奥方にも優しい兄上であると……」

「そのような、けしからぬことを申しましたか。屋敷へ戻ったら、きっと叱ってやりましょう」

「兄上……」

途方に暮れている東吾の前を、明るい笑声が流れて、竹林がざわざわと風に鳴っている。

五日。

兄の出仕を見送ってから、東吾はまっしぐらに「かわせみ」へ行った。なにかかるいに話そうと勢い込んで暖簾をくぐると、土間の掃除をしていた男がふりむいて、丁寧にお辞儀をした。伊助である。

「なんだ。お前、まだいるのか」

思わず東吾がいってしまい、伊助が小柄な体を更にちぢめた。

「おかげさまで、こちらで働かせて頂いて居ります」

濃い紫に梅を染めた正月の晴れ着姿のるいが、いそいそと出迎えて、東吾は嘉助やお吉に、おめでとうをいいながら、居間へ通った。

「あいつ、家へ帰らないのか」

つい、話がそっちへむいた。

「長助親分がいけないんですよ」

お吉が打てば響くように応じた。

「今度という今度は、女房が頭を下げてくるまで帰っちゃいけない、必ず、内儀さんにあやまらせるからって、伊助さんをけしかけているんです」

傍から嘉助もいった。

「まあ、夫婦のことは、はたがとやかく申すものではありますまいが、聞けば聞くほど、あんまりだと思いまして……」

夫婦になって以来、女房に飯を炊いてもらったことがないと、伊助が訴えたという。

「店で働いているってこともございましょうが……」

「伊助は商売をやらないのか」

「いえ、捕物の時は別として、普段は蕎麦屋の亭主として、釜場で働くそうで……」

「店をやった上で、飯も炊くのか」

お吉がいった。

「飯炊きどころか、お内儀さんの腰巻まで洗濯するんですって……」

流石に、東吾も絶句した。

「そいつは……ちっとひどいな」

「ちっとどころじゃありません。ですから、長助親分も、みるにみかねたってことなんでしょうけど……」

るいが眉を曇らせた。

「気がかりなのは、未だに、お内儀さんがなんにもいって来ないことなんです。伊助さんがここにいることは、長助親分が知らせてある筈ですし……普段ならともかく、お正月に御亭主が家出をしているのに、ほったらかしっていうのは、どういうことでしょう」

嘉助やお吉に、愚痴ばかりこぼしていた伊助の元気も、一日一日、心細げになっている様子だと、るいにいわれて、東吾は腰を上げた。

「よし、これから深川へ行って長助に話を聞いて来る」

「なにも、伊助さんを邪魔にするつもりはありませんけれど、下手に意地になって夫婦別れをするようなことになったら、お子たちが不愍《ふびん》ですから……」

姉さん女房のいいなりになった感じで、東吾は永代橋を渡って深川へ行った。

長寿庵の表戸を開けると、いきなり女の声が耳を打った。

「なんで、あたしが頭を下げて亭主に帰って来てもらわなけりゃならないんですか。出て行ったのは、あの人の勝手なんですよ」

それに対して長助が、なにかいいかけるのに、おっかぶせて、

「大体、あたしがなにをしたっていうんですか。あの人はなにが気に入らないっていってるんです」

「伊助が、どうこういってるわけじゃないが、もう少し、やさしくしてやってもいいんじ

ゃないか。仮にも亭主なんだ。どんなに店がいそがしかろうと、女房なんだから……」

「あたしはせい一杯やってますよ」

「とにかく、ここは一番、お前さんが頭を下げて、亭主を迎えに行ってやらないと、伊助にしたって、帰りにくいんだ」

「だったら、最初からとび出さなけりゃいいんです」

「帰って来てもらわないと困るだろう。もう商売ははじまってるんだし……」

「いいえ、帰りたくなけりゃ帰らなくってかまいません。あの人がいなくたって、なんとかやっていけますから……」

「お静さん」

長助の調子が高くなったので、東吾は店へ入った。

「こいつは若先生、どうも新年早々……」

長助が挨拶をしている中に、東吾は伊助の女房を眺めた。

亭主が小柄なのに、女房は上背があり、でっぷりして、だが、愛敬《あいきょう》のある丸顔がおかめの面に似ていて、案外、憎めない感じがする。

東吾にみつめられて、お静は当惑そうに下をむいたが、

「すみません、親分。店を子供達にまかせて出て来ましたので、今日のところは、これで、ごめん下さいまし」

長助が止めるひまもなく出て行ってしまった。

「あの分じゃ長助の目論見《もくろみ》どおりには行きそうもないな」

「おっしゃる通りで……」

ぼんのくぼに手をやって、長助が苦笑した。

「うちの若《わけ》え連中が、本所へ行くたびに、あれじゃ伊助があんまりかわいそうだ、近所の内儀さんまでが、あっしから伊助の女房に意見をしてやってくれと申しますんで、つい、たまりかねて口出しをしたんですが、容易なことじゃ、女房の角《つの》が折れません」

長助の女房が、東吾へ正月の挨拶をしたあとで、つけ加えた。

「伊助さんの近所の内儀さん達は、お静さんにやきもちを焼いているんですよ。あんまり伊助さんがやさしいから……」

「冗談じゃねえ」

長助が口をとがらせた。

「やさしいのは女、勇ましいのは男と、むかしから相場が決っているんだ」

「でも、人は、それぞれですよ」

お祝ですからと、徳利の酒を勧められて、東吾は盃を取った。

「るいの奴が、心配しているんだ。下手にこじれて夫婦別れをするようなことになっちゃいけないってね」

「あの夫婦は別れませんよ。あれで、けっこう惚れ合っているんですから……」

長助の女房が太鼓判を押し、長助が反対した。

「うまく行ってるわけじゃねえ。伊助が辛抱しているんだ」

「いいえ、そうじゃなくて……」

「黙ってろ」

下手をすると、ここも夫婦喧嘩になりそうなので、東吾は早々に長寿庵を出て、「かわせみ」へ逆戻りした。

るいの居間で子細を話すと、集って来た嘉助もお吉も頭を抱えた。

「それじゃ、伊助さん、帰るにも帰られないじゃありませんか」

「当分、ここにおいてやるより仕方がなかろうが、伊助の身の廻りの世話は誰がしているんだ」

ぼつぼつ、年始に江戸へ出て来る客も増えて来て、「かわせみ」が忙しくなっているのを知って、東吾は気遣ったのだったが、

「誰もして居りません」

というお吉の返事であった。

「自分のことはなんでも自分でしてしまうんですよ。洗濯でも、飯の後片付けでも、部屋の掃除でも……」

考え込んでいた嘉助がその時、いった。

「どうでございましょうか、伊助さんは夫婦になっても、内儀さんからまるっきり面倒をみてもらったことがなかったと申します。男は誰でも女に世話を焼いてもらうのが、

いい気持のもので……。一つ、伊助さんに思いきり優しく世話を焼いてやると、成程、女とはこういうものかと感心して、自分の内儀さんに文句をいうようになる。やはり、女房は亭主がしっかり叱るなりなんなりして改めさせませんことには、はたがいくら申しても駄目でございます。伊助さんがその気になって内儀さんをどなりつけるようになれば、内儀さんのほうも量見を入れかえるかも知れません」

東吾が同調した。

「そりゃあそうだ。仮にも男一匹、女房の躾《しつけ》が出来ねえでどうする。女とはこんなにいいもんだってところをみせてやりゃあ、伊助にしたって考えるんじゃねえか」

その結果、前より激しく夫婦喧嘩をしたところで、

「その気になりゃ、男のほうが力はあるんだ。思いきり内儀さんをへこまして、男を本気で怒らすと怖いんだってことを知らせてやるさ」

いささか荒療治だが、

「一番、てっとり早いんじゃねえか」

お吉が、乗り気になった。

「それじゃ、腕によりをかけてやってみますか」

「案外、女房よりもお吉のほうがいいなんていい出すかも知れないぞ」

「いやですよ。あんな、たよりない人」

口でいうほどいやそうでもなく、お吉が急に張り切ったところで、東吾は八丁堀へ帰

ることにした。

なにしろ、松の内は通之進が早く奉行所から退出してくるので、のんびりとるいの膝枕というわけにはいかない。

翌六日は、麻生家から、

「お七夜でございれば、是非……」

と使が来て、兄夫婦は夕方からだが、東吾は一足先に本所へ出かけた。

途中、ちょっと寄り道をして横網町の本村庵をのぞいたのは、亭主が留守で、どんな商売をしていることかと興味があったからだが、表からみたところ、客はけっこう入っていて、釜場では女房と息子が威勢よく働いているし、店のほうは娘が客に愛敬をふりまいている様子である。

成程、これでは亭主なんぞいなくとも、と女房が突っ張る筈だと、店の外を廻って裏へ行くと、井戸端でせっせと洗い物をしている男が顔を上げて、東吾に気がつくと、立ち上ってお辞儀をした。

「どうも、御厄介をおかけ申しまして……」

伊助である。

「お前、なんだってここにいるんだ」

訊ねた東吾に、たて続けに頭を下げて、なんにもいわずに、又、洗濯にとりかかる。

暫《しばら》く、その姿を眺めて、東吾は路地を出た。

麻生家へ行ってみると、嘉助がいた。

「いい鯛が入りましたんで、お祝にお届けに参りましたので……」

無論、るいの指図である。

「そこで、伊助をみたぞ」

と東吾がいうと、大きく手を振った。

「そのことなんでございますが……」

昨日からお吉が伊助につきっきりで身の廻りの世話を焼いた。

「面白がって、かゆいところに手が届くほど面倒をみたんでございますが、今朝になって伊助さんが、突然、家へ帰るといい出しまして……手前が、今、帰ったら一生、女房に頭が上らなくなると申しましたんですが、ふり切るようにして出て行きまして……」

おかげで、お吉は腹を立てるし、るいも茫然としているという。

「お吉に、くどかれるとでも思ったのか」

「それよりも、居心地が悪いという感じでございました」

宗太郎が呼びに来て、東吾は離れに行って赤ん坊をみせてもらった。

枕許に「花世《はなよ》」と大書したのがおいてある。

「義父上がつけられたのです。いい名前でしょう」

宗太郎が嬉しそうにいい、ちょっと出て行ったかと思うと、襁褓《むつき》のたたんだのを大事そうに持って来た。待っていたように赤ん坊がこれが女かと思えるような声で泣き出した。

「よしよし、今、とりかえてやる」

東吾があっけにとられてみていると、宗太郎は器用な手つきで赤ん坊の襁褓を取りかえて、汚れたのを持って去った。

「おい」

思わず、東吾はまだ布団の上に起き上っているだけの七重にいった。

「いいのか、あんなことをさせておいて……」

七重が、おっとりと笑った。

「誰にもさせませんの」

襁褓を替えるのから、風呂に入れるのから、赤ん坊の世話は一切、宗太郎がやっているという。

「優しい人だとは思っていましたけれど、あんなにまめだとは知りませんでした」

七重にも、乳の出がよくなるようにと漢方の薬を飲ませ、

「乳もみまでして下さいましたの」

東吾のほうが真っ赤になった。

「お前、赤ん坊を産んでから、凄いことをいうようになったな」

七重が真剣な顔でいった。

「でも、いいお乳が出ませんと、いい子に育ちませんもの」

優しい夫と愛らしい子供に恵まれて、こんな幸せなことはないとのろけられて、とうとう東吾は逃げ出した。

宗太郎を探すと、なんと裏庭で、洗い上ったばかりの襁褓を干している。

「いい加減にしないか」

そんなことは女中にさせろ、と東吾がいいかけると、

「我が子というのは、こんなにも可愛いものかと思いましたね」

すっかりしまりのなくなった表情で、宗太郎がいい出した。

「食べてみろといわれれば、花世のお通じだって食べられそうな気がしますよ」

「やめろ。馬鹿馬鹿しい」

親馬鹿もほどほどにするがいい、と東吾は友人に説教をした。

「赤ん坊の世話なんぞは、本来、女がするものだ」

「七重はお乳をやってくれています。それにまだ、産後ですから……」

「気をつけないと、さきざき、とんでもないことになるぞ。女なんてものは、甘やかせばつけ上る、女が怖いものなしになったら、手がつけられないからな。何事も最初が肝腎なんだ。そうでないと、この先の本村庵の亭主みたいになっちまう……」

天下の名医が、なんだ、その恰好は。天野家の人々がみたら、どう思う、養子にやるのではなかったと、

「天野宗伯どのがお歎きなさるぞ。弟の宗二郎、宗三郎が、がっかりするぞ」

東吾が声をからしても、宗太郎には馬の耳に念仏のようであった。

苦り切っている東吾の前を、からになった洗い桶を下げて、

「では、ぼつぼつ、乳をやる時刻ですので」

急ぎ足で離れのほうへ歩いて行く。

冬の陽の中に取り残された東吾の目に、ずらりと竿に並んだ襁褓が壮観であった。

「知らんぞ。俺は……」

どなりつけるように叫んで、縁側へ腰を下した東吾が、そのまま空を眺めると、大きな奴凧がいい具合に風に乗っている。

源太郎と凧をあげに行かなければ、と思い、東吾は嘆息をついた。なんと多忙な正月であることか。玄関のほうで、通之進夫婦が到着したらしい賑やかな声が聞えている。

本書は一九九三年六月に刊行された文春文庫「神かくし　御宿かわせみ14」の新装版です。

文春文庫

神《かみ》かくし　御宿《おんやど》かわせみ14

定価はカバーに表示してあります

2005年9月10日　新装版第1刷

著　者　平岩《ひらいわ》弓《ゆみ》枝《え》

発行者　庄野音比古

発行所　株式会社　文藝春秋

東京都千代田区紀尾井町 3-23　〒102-8008

TEL　03・3265・1211

文藝春秋ホームページ　http://www.bunshun.co.jp

文春ウェブ文庫　http://www.bunshunplaza.com

落丁、乱丁本は、お手数ですが小社製作部宛お送り下さい。送料小社負担でお取替致します。

印刷・凸版印刷　製本・加藤製本

Printed in Japan

ISBN4-16-716896 0